古典文獻研究輯刊

初　編

曾　永　義　主編

第 15 冊

從原始劍俠到仙俠
—— 古典小說中「劍俠」形象及其轉變

楊　清　惠　著

國家圖書館出版品預行編目資料

從原始劍俠到仙俠──古典小說中「劍俠」形象及其轉變／楊
清惠 著 — 初版 — 台北縣永和市：花木蘭文化出版社，2010
〔民 99〕
目 4+140 面；19×26 公分
（古典文學研究輯刊　初編：第 15 冊）
ISBN：978-986-254-377-1（精裝）
1. 古典小說　2. 俠義小說　3. 文學評論
827.2　　　　　　　　　　　　　　　　　99018485

ISBN - 978-986-2543-77-1

9 789862 543771

古典文學研究輯刊
初　編　第十五冊　　　　　　　ISBN：978-986-254-377-1

從原始劍俠到仙俠──古典小說中「劍俠」形象及其轉變

作　　者　楊清惠
主　　編　曾永義
總 編 輯　杜潔祥
出　　版　花木蘭文化出版社
發 行 所　花木蘭文化出版社
發 行 人　高小娟
聯絡地址　台北縣永和市中正路五九五號七樓之三
　　　　　電話：02-2923-1455／傳真：02-2923-1452
網　　址　http://www.huamulan.tw 信箱 sut81518@ms59.hinet.net
印　　刷　普羅文化出版廣告事業
初　　版　2010 年 9 月
定　　價　初編 28 冊（精裝）新台幣 45,000 元　　版權所有‧請勿翻印

從原始劍俠到仙俠
——古典小說中「劍俠」形象及其轉變

楊清惠　著

作者簡介

楊清惠，現任華梵大學中國文學系助理教授。研究領域為明清小說及近現代武俠小說。相關研究如〈劍俠小說新論——奇幻敘事及其文化意涵研究〉,〈以文鳴世而傳承小說——王世貞與《劍俠傳》〉,〈《江湖奇俠傳》(1922)的另類孩童〉,〈《紅樓夢》敘事結構及其創造轉化〉,國科會計畫〈明清經典小說評點敘事美學研究(一)金聖嘆《水滸傳》評點與敘事文體學研究〉〈兒童「再發現」——現代通俗文學中孩童形象及其論述〉等。

提　要

　　本論文研究主題為古典小說之類型人物。主要探討「劍俠」形象塑造及其轉變相關意涵。所謂「劍俠小說」即以一個或多個「劍俠」為主角，並以其行義故事為情節主線之古典俠客小說。「劍俠」屬於「俠」類型之一，由於文學之俠與歷史形象有別，故在緒論中引介前人研究揭示這個觀念。基於研究對象鎖定古典小說範圍，故先探討小說中俠形象特質，為「小說之俠」作一基本的界義。接著分章詳述早期「劍俠」造型、轉型關鍵，和新型「仙俠」形象，目的在透過各期的形象分析，充分呈現其特質及轉變痕跡，然後藉由相互對照、比較，歸納其形象塑造變化的成份，並依轉變面相進行論述，提供解釋諸現象所透顯的文學意涵及成因。

　　主要的研究成果，第一，為「小說之俠」作初步界定。第二，詳論「劍俠」轉型與後期「仙俠」觀念的出現發展過程。第三，在「劍俠」與道教的關係方面，進一步證成道教發展和變化亦與「劍俠」形象塑造與轉變有關，主要為神仙觀念之演變與世俗化的傾向兩方面。

　　終極目標不僅在說明變化過程及其因素，更重要的是，藉由此凸顯「劍俠小說」的重要性與特殊性，望為「俠客小說」研究，開拓更多視角。

目

次

第一章　緒　論

第一節　研究動機

　　本論文主要探討俠客小說中特殊類型人物「劍俠」形象特質，特別是形象重大轉變（「仙俠」出現後）所反映的文學現象。本研究旨在掌握此型人物共性，並由對照前後期演變，試圖尋繹形象塑造及其轉變的成因與意義。

　　截至目前爲止，相關的研究論著普遍存在諸多誤解與去歷史化的問題。〔註1〕一九八七年龔鵬程《大俠》一書曾指出，歷來「雖然已經有不少的俠之研究論著，但那都只能稱爲正義的迷思。」〔註2〕歷來有關俠的記載乃是歷史與想像相雜揉的結果，龔氏強調歷史中俠客和文學形象的差距，進而提出「正義的神話」。〔註3〕透過反省前人研究，包括從《史記》〈游俠列傳〉，清末章太炎〈儒俠篇〉、梁啓超《中國的武士道》、楊度，一直到民初武俠大盛時期的陶希聖、顧頡剛、郭沫若等人的論著，龔氏勾勒出大俠塑像的軌跡，歸結出：

　　首先，主張區分歷史與文學之俠，他指出，即使是史書記載也是帶有「意義判斷」的。〔註4〕因此，《史記》所刻畫的游俠，即是司馬遷以儒家正義爲

〔註1〕 意指投射過多後世的閱讀期待，因而忽略歷史眞相的情況。

〔註2〕 龔鵬程：《大俠》（台北：錦冠出版社，1987年），頁54。

〔註3〕 龔鵬程認爲歷來對俠的記載和描述與歷史形象不符，可是文學作品的虛構卻逐漸替代了所謂的眞實。「正義的神話」指俠通常被視爲公義的擁護者，乃是基於一種英雄崇拜，並非歷史事實。也就是說後世對俠的詮釋與崇拜，將俠塑造成代表正義與公道被破壞時，一種救濟的巨大力量。這種迷思是由於社會心理及人性祈求正義與公道的需盼，因此發明了「大俠」。同前註，頁35～54）。

〔註4〕 司馬遷對游俠採取一個批判觀點，認爲俠是不對不好的；然後再選擇朱家、

依歸，結合個人遭際下的特殊詮釋。至於章太炎〈儒俠篇〉將俠與儒相關連，開啓了替俠客塑像的時代。此後經梁啓超、楊度等人的發揮，俠的正義形象已被有意識的建立，然此形象實則爲一個特殊詮釋脈絡下的創造神話。〔註5〕民初以後，諸學者運用西方封建、莊園階級、武士道來解釋俠的起源與性質，龔氏以爲此類研究是近代史學的流行趨勢，但套用在中國上古史畢竟是有扞隔的。

　　另一方面，龔氏也注意到文學俠形象多樣，其與今日武俠小說中的大俠行徑亦時有出入。〔註6〕

　　該書後記〈我寫「大俠」〉中，龔鵬程自述寫作目的在於「想要解說中國的俠與俠義傳說之流變。並試圖探討爲什麼大家在研究俠的問題時，會有那麼多錯誤。」〔註7〕他釐清了「俠」並非我們想像的民間正義英雄，這也正是《大俠》一書的貢獻所在。其實，認知到現代的閱讀印象絕非俠客原貌，早見於侯健〈武俠小說論〉。〔註8〕

　　侯氏注意到歷史上眞正存在的俠與小說並不相符，他認爲應分清楚歷史事實與小說虛構：

> 說到武俠小說，我們首先要分清楚，武俠是武俠，小說是小說。武俠的行事與思想，構成小說的內容和形式。但這些的本身卻是眞正發生過的事，因此是人生和歷史。小說是文學的一類，可以模仿人生，創造歷史，但其本身是虛構的，所藉助的主要力量是想像力。
>
> 武俠與小說，有本質上的差異。〔註9〕

在反駁劉若愚《中國之俠》把俠歸始荊軻等刺客時，侯氏舉班固及司馬遷論

〔註5〕　郭解等例子，作爲價値表率。換言之，司馬遷所述並非客觀歷史，其詮釋跟意義取向、價値觀和特殊的立言背景、心理態度有關。同前註，頁12～13。

〔註5〕　此特殊的詮釋脈絡基於一個共同的時代背景，也就是受日本崛起東亞，而且戰勝俄國的刺激，故章、梁、楊等人不約而同以國粹激勵種性。同前註，頁15～25。

〔註6〕　龔氏雖未直指小說中俠的正義形象也是逐步形成的。但他已意識到俠在小說中也並非都是急公好義、抒解人間不平的人物。有不少完全相反的例證，例如：《酉陽雜俎》的「盜俠」一類、《太平廣記》「豪俠」類。同前註，頁42～43。

〔註7〕　同前註，頁272。

〔註8〕　一九八三年侯健在《中國小說比較研究》發表單篇論文〈武俠小說論〉，此文早於《大俠》。

〔註9〕　侯健：〈武俠小說論〉，《中國小說比較研究》（台北：東大圖書有限公司，1983年），頁171。

俠，指出歷史上眞正的俠，大抵是秦末以後的惡霸或江湖人物：

> 如依這兩位名史家來看，最早出現的俠，當以四霸等爲濫觴，而以
> 朱家、郭解，和漢書裏附加的劇孟、萬章、樓護、陳遵及原涉爲代
> 表。這些人都是任俠仗氣，疏財仗義，但在另一方面，卻難免虎群
> 狗黨、武斷鄉曲，睚眥必報，而以管閑事、打群架爲能。〔註10〕

侯氏認爲劉若愚歸納的八條武俠的特徵多言過其實，因此主張：

> 然而千百年來，武俠是我們的社會所嚮往的，嚮往到把神話（myth）
> 當作現實，小說看成人生。……就由於愛管閑事、認眞和不求甚解，
> 俠的本來面目掩蓋起來，似是而非的面目，就成了武俠小說的骨架。
> 〔註11〕

姑且不論，侯氏認爲論者將武俠小說構築的神話當作現實之因，是否屬實，但重要的是，侯氏與龔氏都注意武俠小說研究普遍的誤解：混同歷史與文學想像。

可惜的是，《大俠》一書重要觀點似乎並未受到重視，其後大陸出版大量的論著與單篇論文，仍然充斥觀念的混淆，以致研究成果發生斷層現象，造成後續研究之困難。關於此，必須先從回顧前人研究說起。

一、前人研究成果

關於俠小說研究，首推劉若愚《中國之俠》，〔註12〕它將古代有關俠的作品，總稱「俠客小說」，再細分文言、講唱故事和唱詞、長篇、和晚期俠客小說（包括俠義公案、俠義愛情、飛仙劍俠、技擊四種）。然而該書雖不似部份論著，將歷史之俠與小說合併討論，〔註13〕但劉氏並未眞的區別兩者，正如陳平原所說的「劉著的目的是介紹中國文化中可以統稱爲俠的這一側面，包括史書、詩文、小說、戲曲，因此下定義時基本上沒有依據古人史書中的看法，更多的是依據現代人的閱讀印象。」〔註14〕因此，劉氏先以現今的閱讀

〔註10〕同前註，頁174。
〔註11〕同前註，頁177～178。
〔註12〕劉若愚：《中國之俠》（上海：三聯書店，1991年）
〔註13〕例如王海林《中國武俠小說史略》（山西：北岳文藝出版社，1988年）、羅立群《中國武俠小說史》（遼寧：遼寧人民出版社，1990年），但都未參考龔說。且王氏以先秦漢代六朝爲武俠小說的濫觴期，似乎都未區別武俠與小說之俠，甚至，還將《史記》中的游俠形象，當作開拓先河。
〔註14〕陳平原：《千古文人俠客夢》（台北：麥田出版有限公司，1995年），頁20。

印象去定義「俠」，然後在此基礎之上討論小說，結果不只未能對小說中的俠客形象有進一步的認識，同時也無法真正理解到歷史中真正存在的俠與俠義精神的轉變。

劉氏之書早於侯健與龔鵬程的論作，他以中西比較的觀點，漠視了歷史事實與文學想像的距離。但在侯氏、龔氏兩人的研究之後，這個普遍存在的誤解，並沒有獲得學界的反省。兩人之間尚有一書，即現今研究者大量引用的崔奉源《中國古典短篇俠義小說研究》，〔註15〕依然未適度澄清。崔氏在緒論中，即考證「俠」的定義，詳細討論韓非、司馬遷、荀悅等人論俠。雖然他已提出司馬遷別立「游俠」與韓非所指的「俠」不同，同時他也意識到劉若愚幾乎沒有依據史書中的看法。不過，本書中仍存在若干問題：

1、歸納游俠行徑、游俠特徵多以司馬遷為據，特別是以朱家、劇孟、郭解為代表，顯然忽略了同一時期其他史書（如《漢書》）的不同評價，以及司馬遷特殊的詮釋情境。由於〈游俠列傳〉為俠樹立一個新的道德標準，司馬遷所謂的「游俠」並非指全盤俠客形象，是以僅可視為對俠客的再塑造，不足以作為當世歷史之俠的眾相，更不可據以為所有俠客的特質。

2、論述「游俠」行徑與特徵出現矛盾。既已注意到藏命作姦之舉，如郭解慨不快意、動輒殺人，那麼崔氏所謂「游俠」「不妄殺人」的特徵，豈不自相抵觸？且分析歷史之俠時，也偏重正面形象，例如主張「不妄殺人」，則規避了郭解「少時陰賊」、「剽攻不休」、「鑄錢掘冢」、「睚皆殺人」等非理性的一面。

3、崔氏亦提及司馬遷所謂「游俠」並非韓非所云，同時亦指出司馬遷言「俠」不限於布衣、卿相之俠，尚包含貴族中的賓客。但定義「俠」，仍以歸納上述的游俠行徑和特徵為前提，顯然犯了以偏概全之誤。更重要的是，他未釐清歷史與文學的俠，以八項俠的條件為定義，〔註16〕逐而選擇小說文本，合乎條件者則視為俠客，歸為俠義小說來進行研究。

附帶提及的是，崔氏的主張仍有值得深究處，例如行俠不一定用武。這

〔註15〕崔奉源：《中國古典短篇俠義小說研究》（台北：聯經出版事業公司，1986年）

〔註16〕（1）路見不平，拔刀相助。（2）受恩勿忘，施不望報。（3）振人不贍，救人之急。（4）重然諾而輕生死。（5）不分是非善惡。（6）不矜德能。（7）不顧法令。（8）仗義輕財。同前註，頁19～20。

裡的武，並非原意「止戈爲武」，而是指後世閱讀印象中的仗劍行義。據此可知，武功蓋世的「大俠」形象是後起的，這個轉變的痕跡非常重要。當然，他指出「游俠」憑藉個人義氣、不辨是非，更足以說明現今「正義的神話」必有一個演變的過程。

　　近年來，大陸正值武俠小說熱，有關的著作多達數十本，光是筆者所收集到的就將近二十本。而各武俠小說史普遍存在概念不清楚的問題。〔註17〕首先是大陸學者均以「武俠小說」統整古典及近現代；〔註18〕即使是以游俠爲名，如汪涌豪《中國游俠史》〔註19〕、王齊《中國古代的游俠》，〔註20〕舉證時也歷史與文學不分。〔註21〕

　　本論文的研究動機，即基於上述研究的斷層現象，正因各研究反映觀念上的混淆，諸如不辨歷史與文學之俠的差異，將古典文學與現代武俠小說合併討論，忽略兩者中俠及俠義精神轉變等，致使認定何謂俠文學，哪些小說可以稱爲俠義小說，產生眾說紛紜的情況，模糊了對小說中俠客形象的認識。由於研究者以閱讀印象定義俠，進而收錄篇章，所以有必要將其還原，無論是歷史之俠，特別是文學研究，應該要尋繹在小說發展過程中眞正在作品中被稱爲俠、或在當時代被歸爲俠的作品，才能更接近原貌。關於文本依據及收錄的標準和理由，將在下節研究範圍中說明。〔註22〕

〔註17〕雖然他們也有意識到並不是每一個俠都是大公無私，但對俠的基本態度總是肯定讚賞的。筆者以爲大陸學者對「俠」的片面解釋，除了因多依據劉若愚《中國之俠》對俠的定義，加上他們又不察司馬遷看法有其特殊的成因；更重要的是，基於最初俠與統治階級的對立情況，因此大陸學者在自身階級鬥爭的意識形態下，將俠強化爲民間的反叛英雄，給予最高評價。

〔註18〕屬於這方面的作品例如：劉蔭柏《中國武俠小說史——古代部份》，陳山《中國武俠史》，曹正文《中國俠文化史》，董耀忠《武俠文化》。

〔註19〕汪涌豪：《中國游俠史》（上海：上海文化出版社，1994年）。

〔註20〕王齊：《中國古代的游俠》（北京：商務印書館國際有限公司，1997年）。

〔註21〕大陸研究者唯一有參考到龔氏的，以陳平原《千古文人俠客夢》爲代表。陳氏在緒論中提及，「武俠小說中俠的觀念，不是一個歷史上客觀存在的，可用三言兩語描述的實體，而是一種歷史記載與文學想像的融合，社會規定與心理需求的融合，以及當代視界與文類特徵的融合。關鍵在於考察這種『融合』的趨勢及過程，而不在於給出一個確鑿的『定義』」。又說：「每代文人學者在詮釋俠的觀念時，很大成份是在重建這『俠』中的『義』。近代章太炎之格外闡揚『以儒兼俠』，梁啓超描述中國之武士道而由孔子開篇，以及蔣智由的區分『報私恩』的小俠與『赴公義』的大俠，都是在當代視界重新詮釋俠中的義。」同註14，頁20，頁36～37。

〔註22〕俠論著中曾經明列收錄的小說篇章者，以崔奉源和羅立群爲代表。前者自唐

　　此外，考察以「俠」爲碩士論文主題者，例如柯錦彥〈唐人劍俠傳奇及其政治社會之關係〉、〔註23〕林志達〈唐人俠義小說〉，〔註24〕對於俠觀念的混淆，與作品收錄的不合理都沒有得到較好的解決。直至一九九三年，淡江大學在「第五屆中國社會與文化學術研討會」，以「俠與中國文化」爲主題，儘管仍有部份論文，延續上述觀念謬誤；不過，林保淳〈從遊俠、少俠、劍俠到義俠──中國古代俠義觀念的演變〉卻在龔氏的基礎上，〔註25〕進一步指出抑揚褒貶古代俠義皆不免過情失實，而應將其還原到稱其爲俠的時代，透過韓非、司馬遷、荀悅等人，重現歷史中俠的眞貌。他依每個時代俠的特性，分成「游俠」、「少俠」、「劍俠」、「義俠」。一方面界定漢代近於地痞流氓的「游俠」，魏晉近於無賴惡少的「少俠」，將歷史之俠劃分，且說明隨時代演進其形象的轉化；另一方面則說明由歷史之俠中，「游俠」、「少俠」，逐漸分化出「劍俠」、「義俠」的演變過程。該文指出，在歷史與評論、小說三者互動下，游俠朝向理性化發展。而提出「劍俠」一說，除了承龔氏之說，更重要在於指出「劍俠」武藝並非幻術與純粹的文學創造，而主張唐代劍俠多與僧道有關，並且恐怕與道教，尤其是神仙道教的關係更爲密切，因爲「劍俠」神奇莫測的武藝，皆可自道教方術尋得淵源。〔註26〕此論對本論文有直接的啓發。

　　另外，與本論文相關期刊論文尚有林保淳〈唐代的劍俠與道教〉〔註27〕及〈呂洞賓形象論──從劍俠談起〉，〔註28〕前文主張唐代劍俠與道教有關，

　　　傳奇開始收錄，其所收錄的篇章，如〈吳保安〉、〈無雙傳〉、〈霍小玉傳〉等，在後來《太平廣記》中，都沒有將其收入「豪俠」傳。筆者認爲，如果逕以現今人所認定的「俠」而將其歸入俠客小說，恐怕並不能反映當時代人心目中眞正認定的「俠」的形象。

〔註23〕柯錦彥：〈唐人劍俠傳奇及其政治社會之關係〉（高雄：高雄師範大學國文研究所碩士論文，1982年）

〔註24〕林志達：〈唐人俠義小說研究〉（台北：輔仁大學中國文學研究所碩士論文，1986年）

〔註25〕林保淳：〈從遊俠、少俠、劍俠到義俠──中國俠義觀念的演變〉，《俠與中國文化》（台北：台灣學生書局，1993年）。

〔註26〕同前註，頁112。

〔註27〕林保淳：〈唐代的劍俠與道教〉，《兩岸中國傳統文化學術研討會論文集》（台北：行政院大陸工作委員會，1992年），頁135～164。

〔註28〕林保淳：〈呂洞賓形象論──從劍俠談起〉，《淡江大學中文學報第三期》（台北：台灣學生書局，1995年），頁37～74。

乃根據三方面得知，包括劍是道教的重要法器；其次，唐代劍俠技藝與道教方術（諸如：煉丹術）有密切關係；與唐代劍俠行事風格中的神祕性、命定觀念等，皆深受道教思想影響。職是之故，本論文即是站在《大俠》與林保淳三篇論文之上，進而研究「劍俠」形象及其轉變。

二、「劍俠」的特殊性及其重要性

　　《大俠》一書已意識「正義的神話」即使在小說中也可以舉出不少反證，最明顯莫過於「劍俠」。如果說大俠是令人嚮往的民間英雄，那麼「劍俠」所激起的則是另一種恐懼畏怖之情。〔註29〕「劍俠」有其特殊的行為標準，關於其「義」的內涵及演變，將是本論文討論焦點。「劍俠」的特殊性，可從其行義表現、嗜血性格、神祕特質，以及由早期劍俠到仙俠，俠客形象轉變看出。另外，「劍俠」小說與武俠小說的關係，諸如《蜀山劍俠傳》、《江湖奇俠傳》等，也是引發研究動機之處。

　　總之，本論文研究動機有三：

　　（一）繼《大俠》面世後，相關研究成果未能延續。

　　（二）「劍俠」乃是文學原創、有別於歷史俠客形象。其形象的特點、詭異的行義方式、同型人物的轉變、以及其與道教的關係，均具研究價值。

　　（三）另一方面，「劍俠小說」與武俠小說的關係，亦可見本論題有其開拓空間。藉由此研究，得以更清楚文學與歷史之分，回歸文學研究。

第二節　研究範圍

一、「劍俠」及「劍俠小說」界域

　　現今可以查閱的小說總集中，「俠」被當作一個群體加以輯錄，始自《太平廣記》「豪俠」類。翻閱文學史，多以「俠義小說」為總類，諸如：劉大杰《校訂本中國文學發展史》、〔註30〕孟瑤《中國小說史》、〔註31〕侯忠義《隋唐五代

〔註29〕同註27，頁114。
〔註30〕劉大杰：《修訂中國文學史》（台北：華正書局，1991年）。
〔註31〕孟瑤：《中國小說史》（台北：傳記文學出版社，1991年）。

小說史》〔註32〕及魯迅《中國小說史略》；〔註33〕其他文學史的分類，也有並
列俠義與公案，如：韓秋白、顧青《中國小說史》，在明清公案俠義小說中，又
細分為明代公案小說、清代公案、俠義小說、和武俠小說。〔註34〕至於大陸學
者多半將此類小說歸入「武俠小說」。無論如何，在小說的分類上，原本並無一
類稱為「劍俠小說」，除了侯健和劉若愚曾引用過這個名詞，〔註35〕事實上，吾
人並未在過往的研究或古代小說總集中，視它為一個次文類。

　　既然依據俠行為特徵不同，又可分為「劍俠」、「少俠」、「豪俠」、「游俠」、
「義俠」、「情俠」。〔註36〕可見「劍俠小說」應視為以「劍俠」為主題的小說，
是屬於俠小說中的一個亞類。本論文也並非將它視為一個與其他文類，諸如：
偵探小說、公案小說等並行的次文類，而是視「劍俠小說」為俠小說史上一
特殊且重要的類型，次文類亞型。換言之，本論文採「俠客小說」為總類，
再分為古代與現代。而古代部份依小說中行義表現（行義標準與俠義形跡）
不同，〔註37〕又可分為俠義小說（如《七俠五義》、小五義》一系列作品）、「劍

〔註32〕侯忠義：《隋唐五代小說史》（浙江：浙江古籍出版社，1997 年）。

〔註33〕魯迅：《中國小說史略》，《魯迅小說論文集》（台北：里仁書局，1992 年）。

〔註34〕參見韓秋白、顧青：《中國小說史》（台北：文津出版社，1995 年），頁 361。

〔註35〕侯健主張將武俠小說，包括「劍俠小說」在內，歸屬於耐得翁的《都城記勝》
　　　　第二類說公案。同註9，頁180～181。另劉若愚介紹晚期俠客小說曾分四類，
　　　　其中有一類稱為飛仙劍俠小說，所舉的作品是《蜀山劍俠傳》。同註12。

〔註36〕少俠、遊俠參考林保淳的分類。至於，節俠、豪俠、義俠、情俠，則根據歷代有
　　　　關俠小說書名之分類，例如：《太平廣記‧豪俠》，明‧馮夢龍編有《情史‧情俠》，
　　　　明‧王世貞編有《豔異編‧義俠》，後來明‧吳大震編《廣豔異編‧義俠》，以及
　　　　《綠窗女史‧節俠》等。明代《女俠傳》、《綠牕女史》才有將「俠」進一步分類
　　　　的跡象。明朝萬曆時，秦淮寓客輯錄的《綠牕女史》，卷九立有「節俠」一部，
　　　　其中分義烈、節烈、義俠、劍俠四類，又鄒之麟《女俠傳》也分為豪俠、義俠、
　　　　節俠、任俠、游俠、劍俠六種。見秦淮寓客：《綠牕女史》，《明清善本小說叢刊‧
　　　　初編》第二輯短篇文言小說（台北：天一出版社，1985 年）。及鄒之麟：《女俠
　　　　傳》，《說郭三種》（上海：上海古籍出版社，1989 年）頁 1125～1135。

〔註37〕分類是有規則可以依循的，分類的規則可分兩條：一、必須使用單一原則或
　　　　一組一致的原則，所以範疇（各個種）乃互相排斥與共同窮盡。例如以性別
　　　　為「人」區分的標準，必須將「人」這個概念窮盡，也就是說，分到最後一
　　　　個「人」還是可以依性別為區分的標準，區分為男或女；其次是互相排斥的
　　　　原則，也就是說分為男就不能分為女。二、使用的原則必須是基本（必要）
　　　　的原則，也就是沒有 S 就沒有 P，例如人是脊椎動物，沒有脊椎就不是人，
　　　　脊椎就是人的必要條件。據此，「劍俠」之所以被區分的標準是依據其行義表
　　　　現不同。因為義是俠的必要條件（本論文將在下章論證此一命題），所以義為
　　　　區分的標準可以窮盡俠這個概念，依不同的行義表現又可區分為「義俠」、「劍

俠」小說……等等；而近現代部分的俠客小說，則可統稱「武俠小說」，其中再依其性質分類。

　　依林保淳還原之說，本論文選錄的範圍也必須還原到在小說中或小說總集歸爲「劍俠」的作品，如此始能反映作者與當世人心目中所認定的「劍俠」。當然部分作品不免發生編者誤置和缺錄的現象，不過依此嚴格的範圍界定，可以避免「以今逆古」，最能呈現原貌。

　　本論文主要論述的「俠」，是指一種小說人物類型，以小說之俠爲前提，不擴及歷史之俠；也不是指一種人格特質或人物氣性，因此不收錄具有「俠氣」者，像《警世通言》〈杜十娘怒沉百寶箱〉雖直稱「十娘千古女俠」，仍不收之。是故，判定的指標如下：

　　第一，「劍俠小說」的判定標準爲：凡以「劍俠」定名而成書者，或小說選集以「劍俠」爲名，並加以歸別成類者，而其所收錄的篇章均屬之。故「劍俠小說」可被界定爲以一個或多個「劍俠」爲小說中的主要角色，並以其行義故事爲情節主線的俠客小說。

　　第二，小說中的主要角色與「劍俠」形象十分相似，然未被收入以「劍俠」爲名之書、及未被歸入總集中「劍俠」類的單篇作品。雖其篇名與故事中均未明確指出主角爲「劍俠」，亦應爲「劍俠小說」的範圍。

　　第三，單篇小說中出現「劍俠」人物。因其非以「劍俠」爲小說中的主要角色，且故事情節未環繞此人物發展，雖非「劍俠小說」的範圍，若於小說中明指其爲「劍俠」者，亦屬輔助文獻。

　　第四，部分小說人物形象與「劍俠」相符，但未直接以「劍俠」相稱。因此，仍以確定稱爲「劍俠」者爲主要文本依據，而將此類作品中的俠客列入輔助性的參考資料，諸如〈霍小玉傳〉中的黃衫客、〈無雙傳〉中的古押衙等。《施公案》附會星君臨凡的異生譚，主要的襄助者義俠李公然的青虹劍與賀人杰的銅錘也具神異色彩。〔註38〕

俠」等不同類型。至於「劍俠」不同之處，則置後文詳述。關於分類的原則，可參考陳耀祖：《理則學》（台北：三民書局，1995 年），頁 52～53。

〔註38〕符合前一原則者，例如《續俠義傳》的女主角「元翠翹」，書中明指稱其「劍俠」，雖爲本書唯一之「劍俠」（書中劍俠與劍仙無明顯差異）人物，卻是決定勝敗的關鍵，故宜將其列入研究範圍。是佚名：《續俠義傳》（北京：人民文學出版社，1999 年 1 月）。後例佚名：《施公案》（北京：北京燕山出版社，1996 年 11 月），第 208～209 回和 318～319 回。

二、「劍俠小說」的文本依據

　　根據界定，最早把「劍俠」歸類而定名成書者，始自《劍俠傳》。依王國良，《劍俠傳》的版本自明朝隆慶、萬曆以來，約有十二種，馮夢龍《五朝小說》、陶珽《重編說郛》均同為一卷十一篇，陳世熙《唐人說薈》、王文誥《唐代叢書》、王文濡《說庫》、馬俊良《龍威秘書》、顧之逵《藝苑捃華》均同為一卷，計收錄十二篇。吳琯《古今逸史》、汪士鐘《秘書二十一種》均收四卷三十三篇。明隆慶履謙子刻本亦四卷，但多附一卷，收有〈張守一〉、〈張祐〉、〈白廷讓〉、〈青城舞劍術〉四篇。另《四庫全書總目》，有王世貞《劍俠傳》貳卷本，已佚。〔註 39〕《劍俠傳》的作者，歷來有許多爭議，今所見刻本不一，《古今逸史》不題撰者，《重編說郛》僅署唐人，未具名。《龍威秘書》、《說庫》題段成式名。《中國文言小說史稿》認為，「汪士漢刻《秘書二十一種本》，妄題唐人撰，誤。」。〔註 40〕另外，明・周詩雅纂《增訂劍俠傳》五卷，以及明・邵國鉉《合刻三志》收《續劍俠傳》，題元・喬吉撰，計一卷二十一篇。不論《劍俠傳》作者是否出於唐代，若邵國鉉所言屬實，則以「劍俠」為名的小說選集，最遲至元代已經出現，否則，至少到明代「劍俠小說」已正式被視為一個具有共同性質的整體而輯錄成書了。

　　按照《中國通俗小說總目提要》，〔註 41〕符合本論文「劍俠小說」定義的作品，尚有《七劍十三俠》、《仙俠五花劍》、〔註 42〕《劍俠奇中奇》。必須說明三點：

　　首先，雖然《劍俠奇中奇》〔註 43〕亦以「劍俠」定名，可是該書又名《爭春園》，內容主要敘述洛陽俠士郝鸞、鮑剛、馬俊仗義行俠。他們對抗當朝宰相之子米斌儀，幫助鳳竹一家人越獄，促使鳳棲霞、孫珮成婚，以及入宮救

〔註 39〕 王國良：〈劍俠傳考述〉，王世貞編：《劍俠傳》（台北：金楓出版有限公司，1986 年），頁 4～5。

〔註 40〕 侯忠義、劉世林：《文言小說史稿》（北京：北京大學出版社，1993 年），頁 130。又關於劍俠傳撰者的考辨，亦可參看王國良〈劍俠傳考述〉，同前註，頁 2～3。

〔註 41〕 江蘇省社會科學院明清小說研究中心、文學研究所編：《中國通俗小說總目提要》（北京：中國文聯出版公司，1991 年）。

〔註 42〕 《仙俠五花劍》共有兩本，書名相同內容不同，分別是四卷四十回和六卷三十回，前者為繼《七子十三生》初集而作，與通行續集不同，此書不題撰人，今未見其書；後者為海上劍癡所作，亦為本論文所採用者。同前註，頁 830，頁 842。

〔註 43〕 佚名：《爭春園》（劍俠奇中奇），《古本小說集成》（上海：上海古籍出版社，1990 年）。

駕，使眞駙馬柳緒得與公主完婚。三人並未直稱爲「劍俠」，劍與俠在本書中的關連，只出現在司馬徽贈寶劍三口，要相贈英雄人物。書中屢以英雄、豪傑、義俠相稱，其故事與前二書頗不同，倒與《七俠五義》等俠義小說相近。故雖該書符合「劍俠小說」界域，但本論文主要切入點是「劍俠」，既然書中的俠並未視爲「劍俠」，則長篇小說的文本依據，將以《七劍十三俠》、《仙俠五花劍》二書爲主，至於《劍俠奇中奇》僅作參考。清代該類長篇小說太少，之所以將「仙俠」當作論文主要的討論對象，乃著眼於「仙俠」形象演變過程的重要性及其在「俠客小說」中的特殊意義；也就是說，此種類型人物正好代表俠義文學「正──反──合」歷程的最後綜合。俠客在唐代分化後，一種俠客仍是繼承原俠，游離於正統社會邊緣，強調血性氣義，甚至發展出嗜血「劍俠」（正）；另一種則是納入社會規範，漸趨理性化的「義俠」（反），而「仙俠」正好爲兩重衝突調和後的觀念綜合（合）。

第二點，不收錄近現代武俠小說中題名「劍俠」的作品，例如《蜀山劍俠傳》，基於本論文許多基本問題，諸如「劍俠」定義、「劍俠」特質轉變、精神內涵，都尙未有研究基礎，恐無法進一步深入討論相關課題。同時，近現代武俠小說無論是寫作方式、文字使用、故事情節、人物刻畫、均與古典小說差異甚大，加上或多或少受到西方小說影響。因此，先以古典「劍俠小說」爲階段性研究。另一方面，從原始劍俠到仙俠，「劍俠」形象呈現一個明顯的變化過程，與後來雖有承續，大致是一個變化階段的完成，故並未節選武俠小說。值得一提的是，本論文在界定「劍俠小說」時，其實已經將它做了一個區隔，在「俠客小說」的總類下，古典部分指從唐代至清末，與近現代、民初以後的此類小說，已經分屬兩個範圍，因此「劍俠小說」乃是指至清末爲止的古典俠客小說。至於其與武俠小說的關係，將留待後續研究。

最後，必須說明的是，《劍俠傳》與其續書的問題。首先是周詩雅的《增訂劍俠傳》，此書在現今可見的小說版本中未能找到，僅可見轉引其序。至於清‧鄭官應《續劍俠傳》，已佚。而喬吉《續劍俠傳》亦已亡佚，但從書目提要可知其共計一卷二十一篇，篇名如下：〈嘉興繩技〉、〈許寂〉、〈丁秀才〉、〈潘將軍〉、〈宣慈寺門子〉、〈李龜壽〉、〈賈人妻〉、〈虬鬚叟〉、〈韋洵美〉、〈李勝〉、〈乖崖劍術〉、〈秀州刺客〉、〈張訓妻〉、〈潘扆〉、〈洪州書生〉、〈義俠〉、〈任愿〉、〈花月新聞〉、〈俠婦人〉、〈解洵娶婦〉、〈郭倫觀燈〉。〔註44〕

〔註44〕中國大百科全書出版社編輯部：《中國古代小說百科全書》（北京：中國大百

觀其篇目，多與四卷版《劍俠傳》三、四卷相同，〈嘉興繩技〉則收錄在四卷版《劍俠傳》卷一。職此之故，今以王世貞編四卷本《劍俠傳》，加上明隆慶本附錄一卷，為文本依據，採金楓出版社，王世貞編、王國良導讀的《劍俠傳》為主，〔註45〕以廣文書局《筆記三編劍俠傳》為輔。

表1-1：主要文本依據

「劍俠小說」以「劍俠」定名而成書者，或小說選集。主要角色同於「劍俠」未被收入以「劍俠」定名歸入的單篇作品		小說中的「劍俠」		附註
		出現「劍俠」人物，並明確指出	出現類似「劍俠」人物，未明確指出	
短篇	一、明確稱劍俠者，《刪補文苑楂橘》〈韋十一娘〉，《劍俠傳》，《綠牕女史》卷九「節俠」部「劍俠」類〈紅線傳〉、〈崑崙奴傳〉、〈聶隱娘傳〉，《女俠傳》「劍俠」類〈紅線〉、〈賈人妻〉、〈聶隱娘〉、〈三鬟女子〉、〈車中女子〉，《初刻拍案驚奇》卷四〈程元玉店肆代償錢，韋十一娘雲崗縱談俠〉，《池北偶談》〈劍俠〉、〈女俠〉，《見聞錄》〈借寓婦〉，《聽雨軒筆記》〈某生奇術〉，《螢窗異草》〈童之杰〉，《客窗筆記》〈女劍俠傳〉，《敏求軒述記》〈隱俠傳〉，《蝶階外史》〈檻中人〉，《里乘》〈劍俠〉，《續劍俠傳》〈奚成章〉，《嘯亭雜記》〈書劍俠事〉，《遯窟讕言》〈劍俠〉、〈仇慕娘〉（老僧），《右台仙館筆記》〈某觀察偶枉法〉，《仕隱齋涉筆》〈先正異聞〉，《虞初廣志》〈柳珊〉，《淞隱漫錄》〈女俠〉《清朝野史大觀·清代述異》〈劍俠附舟卻盜〉。	《續俠義傳》，《醒世恆言》卷三十〈李汧公窮邸遇俠客〉	〈霍小玉傳〉中的黃衫客、〈無雙傳〉中的古押衙〈柳氏傳〉中的許俊	1.《續俠義傳》「元翠翹」
	二、明確稱劍仙者，《劍俠傳》〈花月新聞〉，《情史·情疑》〈劍仙〉，《豔異篇》卷二十三「義俠部二」〈花月新聞〉，《廣豔異篇》〈王仲通〉，《池北偶談》〈林四娘〉，《子不語》〈姚劍仙〉、〈姚端恪公遇劍仙〉，《螢窗異草》〈遼東客〉、〈姜千里〉，《見聞隨筆》〈車夫奇遇〉，《澆愁集》〈俠女登仙〉，《淞隱漫錄》〈徐笠雲〉、〈廖劍仙國〉，《翼駉稗編》〈劍仙〉，《清朝野史大觀·清代述異》〈書院劍仙〉。			

科全書出版社，1993年），頁636。
〔註45〕此版本為現今篇目最多最完整者，因此採用此書作為主要的文本依據。

| 三、未明確指稱而實屬之者，例如《太平廣記》〈崔慎思〉，《艷異篇》卷二十三「義俠部二」〈虬髯客傳〉、〈車中女子〉、〈崑崙奴傳〉、〈聶隱娘〉、〈紅線傳〉，《續艷異篇》卷二「義俠部」〈劍客〉、〈虬須叟傳〉〈申屠氏〉、〈碧線傳〉，《廣艷異篇》〈香丸誌〉、〈俠嫗〉、〈飛飛傳〉、〈王小僕記〉、〈三鬟女子傳〉、〈崔素娥〉、〈雙俠傳〉、〈解洵〉、〈郭倫〉、〈李十一娘〉、〈劍客〉、〈嘉興繩技〉、〈盧生〉、〈申屠氏〉、〈碧線傳〉，《聊齋》〈俠女〉、〈田七郎〉、〈武技〉、〈采薇翁〉，《虞初新志》〈大鐵椎傳〉，《堅瓠集》〈異俠借銀〉，《觚賸》〈雲娘〉，《子不語》〈賣蒜叟〉，《曠園雜志》〈瞽女琵琶〉《夜譚隨錄》〈劉鍛工〉，《聽雨軒筆記》〈莊叟較力〉、〈馮灝亭〉，《諧鐸》〈青衣捕盜〉、〈惡錢〉、〈奇婚〉，《耳食錄》〈毛生〉、〈揭雄〉、〈湯銹〉、〈何生〉、〈韓五〉、〈金陵樵者〉，《小豆棚》〈挽衣婦〉、〈齊無咎〉、〈常正吾〉、〈折鐵叉〉〈平頂僧〉，《涼棚夜話》〈葛花面〉、〈劍術〉、〈翁嫗擊僧〉，《夢廠雜著》〈俠客傳〉、〈吳小將軍傳〉，《影談》〈繩技俠女〉、〈奇勇〉，《亦復如是》〈何配耀〉，《昔柳摭談》〈異僧捕盜〉，《三異筆談》〈拳勇〉，《香天談藪》〈浙中宦者〉，《秋燈叢話》〈箍桶翁〉，《退庵筆記》〈夏老鼠〉，《竇存》〈裙里腿〉，《咫聞錄》〈缺耳游擊〉，《印雪軒隨筆》〈九江公子〉，《埋憂集》〈金三先生〉、〈全荃〉、〈草庵和尚〉、〈空空兒〉，《敏求軒述記》〈甘鳳池小傳〉，《翼駉稗編》〈劍術〉、〈隱娘尚在〉、〈喬三秀〉、〈白泰官〉、〈陸凌霄〉，《道聽塗說》〈駱安道〉、〈鐘和尚〉、〈潘封〉〈荊襄客〉，《片玉山房花箋錄》〈繩技擒僧〉，《蝶階外史》〈萬人敵〉、〈三和尚〉、〈拳勇〉，《妙香室叢話》〈曹大〉，《見聞近錄》〈王老爹〉、〈甘鳳池軼事〉，《見聞隨筆》〈李鐵頭〉，《見聞續筆》〈少林僧〉，《里乘》〈鄭甲〉、〈金錢李二〉、〈少年客〉，《客窗閑話》〈某駕長〉、〈白安人〉、〈孫壯姑〉、〈難女〉，《蟲鳴漫錄》〈恃術而敗〉（白下甘鳳池），《香隱樓賓談》〈宜興幕客〉，《夜雨秋燈錄》〈谷慧兒〉、〈郁綠（線）雲〉、〈要字謎〉，《澆愁集》〈記勇〉，《薈蕞編》〈髯 | | | 2.《施公案》義俠李公然 |

| | 俠〉、〈莆田僧〉，《此中人語》〈馮雄〉、〈龍大海〉、〈廣寒宮掃花女〉，《遯窟讕言》〈相士〉，《淞隱漫錄》〈女俠〉、〈姚云纖〉、〈倩雲〉，《淞濱瑣話》〈邱小娟〉、〈粉城公主〉，《遊梁瑣記》〈龍門鯉〉、〈裕州刀匪〉、〈劍術〉。《右台仙館筆記》〈絕人之技〉，《南亭筆記》〈靴子李〉，《靜廠奇異志》〈楚生〉、〈楊某〉，《虞初近志》〈甘瘋子傳〉，《虞初廣志》〈李涼州〉、〈書虯髯客事〉，《虞初支志》〈周翁傳〉、〈許文宗傳〉、〈高二太爺〉、〈書毛大相公〉、〈記汪瑚事〉、〈庖人〉，《清稗類鈔》〈金飛懲徒〉、〈甘鳳池拳勇〉、〈白太官誤死其兒〉、〈打人王被擲於甘鳳池〉、〈僧運大鐵杖〉，《清代野史大觀・清代述異》〈甘鳳池〉、〈江南北八俠〉。《香豔叢書》十四集卷四〈俠女希光傳〉〈碧線俠傳〉 | | |
| 白話長篇 | 《七劍十三俠》、《仙俠五花劍》 | | |

第三節　研究方法與進路

一、研究方法

　　本論文最初是由於許多疑惑而展開的，萌生探討小說之俠演變的興趣，例如：大俠形象與二十四史記載的俠客差異甚大。另外，閱讀《太平廣記》之後，又發現「劍俠」一流行跡詭異，動輒飢餐人肉、渴飲鮮血，行俠之風斷憑己意，行義標準與正義不僅不同，甚至有時連濟弱扶傾、打抱不平都談不上。特別是「劍俠」中的女俠，如聶隱娘、賈人妻，無情的修煉劍術過程，高蹈遠引時的決絕態度，更非讀者心目中的黃蓉、趙敏。同時，對比俠義類的展昭、白玉堂等，在人物塑造、劍術的運用與小說結構「劍俠」都呈現殊異性。在轉變過程中，由從早期劍俠衍生出仙俠，又可見「俠」觀念與義內涵的演變；另一方面，「劍俠」與道教的關係，也是引起研究動機的原因之一。基於此，本論文由「問題導向」出發，限於學力所及，擬以「劍俠」形象轉變為研究焦點，希望提供一個思考角度，去探索上述的文學現象。

　　研究的方向屬於小說類型人物研究，對象為古典小說中的「劍俠」。選擇「人物」作為切入點，是因為構成「劍俠小說」中許多重要因素，包括「劍術」、特

殊行蹤、行義的表現，都與形象塑造有關。而且在「劍俠小說」的發展過程中，人物變化之於朝廷、道教關係的演變，也影響情節安排、故事結構。因此，選擇以此爲論述重心，乃是希望能聯繫重要問題，使論述脈絡較爲清晰深入。因爲本論文並非小說類型研究，故對「劍俠小說」在整個俠文學的發展、變化等問題，均只於與「劍俠」人物塑造相關時旁及。但「劍俠小說」正是以「劍俠」爲小說主角，「劍俠」的形象也較爲清晰與具體，故仍是觀察重點。

　　之所以將人物塑造獨立出來研究，並非要與故事割裂，〔註46〕而是因人物塑造與小說其他重要部份，諸如思想、主題、結構，有著密不可分的聯繫；在此型小說中，又以人物的塑造爲重點，情節反而是因小說人物形象而做調整的。〔註47〕亦即部份情節可以更動或刪節，但並未改變「劍俠小說」的特質。

　　綜上所言，本論文將「劍俠」視爲一種特殊的類型人物來研究，一方面將原始劍俠到仙俠視爲一個整體，歸納其特性，分析其變化，進而解釋轉變所可能反映的現象或意義；另一方面，也將其與「義俠」和其他相似的類型人物，做一個對照，以凸顯文學中俠客的多樣性。

　　另外，本研究偏重將文本「脈絡化」，亦即探討小說類型人物塑造與文化層面的關係，包括諸如社會、思想、宗教、等的相關意涵，較接近文學社會學或社會歷史研究法的角度。由於此進路的限制，因此並不集中探討文學人

〔註46〕 將人物從小說中抽離出來研究，似乎有割裂作品之嫌，關於此，雅克慎認爲文學手段或構造原則（即「文學性」）可以從文學作品抽離的說法，似乎與反對孤立主題思想的見解互爲枘鑿。這個容易引起誤解的矛盾，製造了不少混亂，使到當代的文學研究仍要費神去澄清。然而，這個矛盾並不單單存在於文學的研究。自然科學也研究個別現象，並從這些個別現象裡發現普遍成因。但是，自然科學發掘普遍成因的目標是「解釋」某些現象，而不是局部的重現（例如內容撮要）。「解釋」是要求某一程度的普遍性。我們要客觀、科學地討論事物及其意義，就不得不要概念化和普遍化。一切知識都建基於普遍成因的認知。這也是把文學作品視爲「文學的」（即表現手段或構造原則）之先決條件。因此雅克慎的建議——發掘文字產品轉化爲文學作品的手段——只不過是讀者無意識活動的明白操作。追尋文學作品的構造原則或手段，與排斥內容撮要的作法，並不一定是衝突的。佛克馬（Douwe Fokkema）、蟻布思（Elrud Ibsch）：《二十世紀文學理論》（台北：書林出版有限公司，1995年），頁12。

〔註47〕 對故事的分析不能只集中在事件的組成，因爲事件並不是自己發生的。事件需要有某種行動的媒介：人物，他們也按照組合和聚合關係軸被結構爲意義單位。史蒂文·科恩和琳達·夏爾斯（Steven Cohan&Linda M.Shires，1950～）：《講故事——對敘事虛構作品的理論分析》（台北：駱駝出版社，1997年），頁74。

如何表現、塑造、描繪「劍俠」的技巧和手法，以及此型人物之所以被觀者接受，如何引起讀者的興趣等。只在結論中約略的說明此型文類特點與描繪上值得重視之處，留待後續研究發展。

　　雖然本論文類似文學社會學之進路，不過，並未採行任何特殊的方法，或者套用特殊理論。主要的研究路徑為透過分析「劍俠」形象，歸納共同特質、形象的發展，再由對照中發現異同，找出轉變的軌跡和面向，進而尋繹其代表的意義、構成的因素。處理研究轉變的問題，必須自覺到一些限制，在文學成因的探討方面，應先注意避免武斷地確定文學外圍因素影響的可能性，以免過渡詮釋文本。其次，文本的相似性並不必然是文類間互相影響的證明；此外，在小說形象塑造方面，應具有一個基本的概念，也就是新型人物的出現，只象徵新觀念的萌生或觀念矛盾的整合，並不意味原始形象的消失。轉變的形象不一定是一個全新的異質存在，可能仍保留原始造型的部份特質，或者兩者具有共通性。若只是新觀念的整合，則可能屬於一個整體類型人物的轉型或分化，前後的形象必然具有一個共同特質，將其綜合分析即可找出基本特質，這點往往是類型人物塑造的必要條件，可以作為類型人物的主要判準。

　　在援引和論證部份，本論文中，除了使用一般研究方法，如歸納、演繹，同時，借用傳統三段論證來檢驗部份前人論述前提的真偽和命題成立與否，及檢驗自身的推論，例如，在證明俠客小說與道教方術的關連時，採取的前提有二，一為「『劍俠』的『劍術』技藝是飛行術、用藥、隱形變化術……等等」，二為「用藥、飛行、隱形變化術……等等是屬於道教方術運用」，所以「『劍俠』的『劍術』技藝是屬於道教方術運用」。是故，道教的方術運用與「劍俠」「劍術」技藝的塑造有關。

　　既然以「劍俠」為論題，必須釐清「劍俠」這個概念，由於目的在還原，因此，先由前人的分類、選集及書名、書中人物的稱呼界定研究範圍。

　　在討論本論文相關問題前，首先遭遇的困難即是：如何定義文學之「俠」。文學中的俠客並非是一個固定不變的概念，惟有找出必要條件，才能與其他人物類型分開。依前人研究的成果，對「俠」的定義、性質固然有許多出入，但是可以發現一個共同點，即對俠義的強調。針對俠義的重要性幾乎是每一個研究者的共識，吾人可知，即使「俠」的面貌至今仍是一片渾沌，但前人的研究透露了一個重要的訊息，那就是俠與義的不可分割。無論歷史之俠，或者是文學上的俠客，皆強調仗義行俠，問題是何謂「俠」之「義」？而且俠義的內涵

是否始終一致，或者另有發展的軌跡？職是之故，欲討論「劍俠」，必先爲「俠」界義，而界定何謂「俠」，則須先解決俠與義的關係，尤其是義的內涵。下章透過歷史文獻和小說人物的塑造，進而檢證上述觀點並解決這些問題。

　　另一方面，《二十四史俠客資料匯編》序言中曾提出「氣義」之說，〔註48〕再參酌林保淳研究，顯然俠義觀呈現由氣義到正義的變化過程，但均與義關係密切。因此，義顯然是俠構成的必要條件。由於小說中的「俠」形象漸趨於理性化，到了後來，義的內涵已與最初《太平廣記》中不同。因爲無法明確定義「俠」，所以隨時代變遷的「俠」的面貌，便須透過俠與義互相對照的方式來加以界定。〔註49〕

> 　　從思想的發展來看，我們可以把文學觀念的演變劃分爲兩個階段：一個是縱線性的發展階段，另一個則是並時性的。前者以歷史的時空因素爲演變的主流，貫穿以某一種哲學觀念所形成的傳統；後者卻不受時空甚或歷史因素的影響，而以某一種對文學特殊的看法爲出發點，對文學作品加以分析和研究。〔註50〕

本論文即從「縱線性的發展」來看俠與義的互動與轉變，企圖澄清義的意涵，以及俠與義的詮釋互動，同時藉此修正與補充「俠」的定義。

　　另一個研究方法，乃是透過道教養生、方術、特別是神仙道教的相關的概念，解釋一些行爲模式或「劍術」運用。此乃借鑑新研究領域的知識，開闢「劍俠小說」研究的新思考方向。此方面的研究在一九九八年「中國武俠

〔註48〕其聚合朋眾賓客的基本要件即是「好氣」，其手段則是廣交遊。俠之又稱爲遊俠、氣俠、豪俠，原因在此。因爲熟悉中國哲學的人都知道：氣與理是相對的，氣指生命本然原始的血性氣力欲望衝動等等。一時意氣併發，可以什麼都不顧，俠之豪情，即由此而生。然而盡氣的生命，其本身缺乏理性化，所以不免常流於昏昧，……這是生命流於血氣激揚、意氣鼓盪之結果。但氣義所向，生命也顯現出「言必信，行必果，已諾必成」，……近乎仁義，而爲世所稱道。唯此非仁義、非正義，乃是氣義。氣之發舒，偶合於義而已。從社會結構面看，俠是以其氣慨合其氣類徒眾，……故其救振危殆之行爲，往往並非普遍性的，僅限於私人的交遊圈子。……因此，它的氣義行爲，適巧鞏固了它的私黨性質，反而常破壞了社會公眾的利益。龔鵬程：〈二十四史俠客資料匯編‧序〉，《二十四史俠客資料匯編》（台北：台灣學生書局，1995年），頁 IV。

〔註49〕這個方法亦受到林芳玫《解讀瓊瑤的愛情王國》討論「浪漫愛」（romance）概念的啓示。林芳玫：《解讀瓊瑤的愛情王國》（台北：時報文化，1995年），頁 60～65。

〔註50〕袁鶴翔：〈二十世紀文學理論‧序〉，同註46，頁 VII。

小說國際學術研討會」，鄭志明〈金庸武俠小說中的道教思想〉一文已經有了發展，〔註51〕不過，鄭氏主要是以現代武俠小說爲討論對象。〔註52〕

二、論述進路

本小節將說明章節的安排以及主要處理課題。大體分成兩部份，一部份是解釋各章意欲表達的主旨，一部份則說明各章節銜接的理由及其相互關係。最後，說明整篇論文結構，並解釋論述進路以及試圖達成的目標。

首先，說明章節主旨及論述課題。

第一章緒論，主要說明研究動機、範圍、方法和進路。在研究動機方面，本論文奠基於前人研究成果；一方面介紹相關研究缺失，另一方面，針對所呈現的問題說明所採取的視野和援用的觀點。重點在指出，本論文所根據的論述基礎及其來源。因此，旨在說明以「劍俠」爲研究對象之目的。二、三節在使讀者對本論文研究的對象、主題、和論述的方式有一個概括的了解。最後一節爲「小說之俠」定義，透過小說俠客的面貌，說明文學之俠的特殊性與獨立性；並經由各殊相中，了解其大致的變化，歸納其共同特質，當作討論「劍俠」時的認識基礎。

第二章進入本論文的論述核心。旨在呈現「劍俠」的原始造型，亦即最初「劍俠」形象及其特質。主要說明「劍俠」觀念的產生及其背景，以及形象特質。末節指出「劍俠」形象轉變的關鍵，作爲銜接第三章的過渡。此章試圖爲「劍俠」界義，將討論對象定位。同時透過對「劍俠」形象的分析，凸顯「劍俠」的共性和早期「劍俠」原貌的特質所在，作爲觀察「劍俠」形象變化的起點。

第三章針對「劍俠」轉化出「仙俠」過程，說明「仙俠」觀念的出現、「仙俠」的定義、「仙俠」的特質，以及「仙俠」崛起後，「劍俠」形態的分化。本章主要在於分析「劍俠」形象轉變中新觀念、新典型的產生和其特點，目的在展示後期新「劍俠」的形象特點，以便與早期造型進行對照，初步歸納「劍俠」形象變化透顯的諸現象。

第四章綜合比較早晚期「劍俠」形象，根據二、三章的對照，分就其主

〔註51〕引介道教觀念研究俠客小說，最早的專篇論文爲林保淳〈唐代的劍俠與道教〉。
〔註52〕鄭志明：〈金庸武俠小說中的道教思想〉，《中國武俠小說國際學術研討會會議論文》（1998年），頁 5-1～5-29。

要面相深入探討所凸顯的現象，分析其變化與時空背景的關係，進而尋繹相關的成因。

第五章，總結上述論述過程所得，分別解釋諸文學現象，主要在提出本論文的主要論點和主張，綜論研究成果。其次，提供可資發展的研究方向，說明研究展望。

本論文主題在分析古典小說中「劍俠」形象及其轉變，而所謂「劍俠小說」即是以一個或多個「劍俠」為小說中的主要人物，並以其行義故事為情節發展的主線的古典俠客小說。「劍俠」屬於「俠」之一種典型，是故必須先對「俠」的概念加以釐清。由於文學之俠與歷史有別，其形象差異致使指涉不盡相同，故本論文首先在緒論中引介前人研究揭示這個觀念。第一章則探討「小說之俠」形象的特質，並為「小說之俠」作一基本的界義。接著分章詳述早期「劍俠」的造型、轉型的關鍵，和「仙俠」產生後新型「劍俠」的形象，目的在先透過各期的形象分析，充分呈現其特質及轉變的痕跡，然後藉由相互的對照、比較，歸納其前後期形象塑造變化的成份，並依此現象的各個面相進行深入的討論，提供解釋諸現象的相關訊息與背景，企圖揭示從原始劍俠到「仙俠」，形象塑造的轉化所透顯的文學現象及其成因。此為本論文的推論進程，亦為本論文第二、三、四章結構銜接的理由。

由此可知，第一章先說明研究的文本範圍及提供解題的基礎，第二、三、四章的關係，即是說明從原始劍俠到「仙俠」，這個形象塑造的轉變過程，最後據此文學現象說明其代表的意義和解釋相關的成因。

終極目標不僅在說明這種變化過程及其因素，更重要的是，藉凸顯「劍俠」的重要性與特殊性，期望為俠客小說的研究，開拓更多研究空間。

在進入正文以前，關於本論文題目與行文部分，特別需要說明幾點：

首先，本論文副標題「從原始劍俠到仙俠」，並不是說「仙俠」為「劍俠」的完結，而是意指一個重要轉型。因為由原始劍俠分化出「仙俠」後，屬於前者形象之俠依然存在，故不可視「仙俠」為「劍俠」形象之終點。

其次，由於「仙俠」出現後，整個「劍俠」形象產生分化，而在《仙俠五花劍》中作者即以劍俠稱呼形象分化後與「仙俠」對稱者，也就是英雄型人物，如徐鳴皋、文雲龍等，故使劍俠一詞產生歧義。由於作者本身即同時以劍俠一詞，分別指涉整體的劍俠（即代表總類），包括原始劍俠、分化後的英雄型劍俠、和「仙俠」和單指英雄型的俠客。因此為避免渾淆，於行文中將「劍俠」、劍俠

兩者區別。「劍俠」（有加引號者）意指總稱，即涵括原始劍俠及分化後的兩種類別，至於行文中逕稱劍俠二字（即並未加專有名詞引號者，以及未稱原始劍俠或早期劍俠者），皆是意指總體「劍俠」分化後，和「仙俠」對稱的英雄人物。換言之，「劍俠」（有加括號，且並未冠以任何形容詞）指此類型之總體；而原始劍俠（早期劍俠）指總體「劍俠」發展初期，即尚未分化者（即未出現「仙俠」之前）；若稱爲晚期劍俠則是指「仙俠」生成後分化的二者，包括英雄型與仙俠；至於分化後的英雄型劍俠即稱爲劍俠（未加括號，且未稱爲早期或原始劍俠者），意指與「仙俠」相對的英雄豪傑型的俠客。因爲「劍俠」、劍俠之別在形式上過於近似，因此筆者於論述中將盡量以「劍俠」指稱整體，以早期（原始）劍俠指稱初期形象，以英雄型劍俠指稱分化後的亞種。

　　另一方面，此分別乃是爲避免讀者產生誤解所做的特殊界定，並非一通用的學術定義，因此本論文中若引用其他學者對論述時，其引文（包括獨立引文與引述）並不適用此分判原則。基本上，獨立引文採逐字徵引，不更易其義；同時大致上諸學者無論提及「劍俠」或劍俠，皆爲指涉總體「劍俠」。〔註53〕另外在書名方面則不再加以分別，仍依原名實錄。

第四節　小說之俠

　　根據緒論，所謂「大俠」乃是一逐步塑造出來的神話。文學之俠非歷史之俠。本章即站在此前提上，進一步討論「小說之俠」。

一、歧義的「俠」

　　首先要解釋有關「俠」的幾種複合詞的意義，〔註54〕和這些複合詞彼此的關係。

　　討論俠的異名異稱可見汪涌豪《中國游俠史》。汪氏指出，歷代論者本著對游俠人群特徵的認識，還賦予他們多種稱名，因其人多不恃常業、不治生產、好周遊而稱其爲「游俠」；因其豪縱不受羈勒，稱爲「豪俠」；因其人伉

〔註53〕前文提及林保淳所謂的劍俠，乃屬於原始劍俠的部分，是劍俠最初的造型，故此處筆者仍稱爲唐代的劍俠，此劍俠並非筆者所謂「劍俠」（代表整體），亦非分化後的英雄型劍俠，而是相當早期（原始）劍俠的一部份。

〔註54〕這裡所謂的複合詞，是指一個名詞於其上、其前加上一個形容詞，用以修飾該名詞，而名詞本身指謂（指涉的意義）並未改變。

直梗正，稱為「伉俠」；因其重氣持節，稱「氣俠」或「節俠」；因其輕健狂放，不拘形檢，稱「輕俠」；因其孔武強悍、膂力過人，稱「壯俠」；因其敏捷矯健，身手不凡，稱「健俠」；因其性格粗獷，不受禮法拘束，稱「粗俠」；因其作威作福，時捍文罔，稱「奸俠」。此外，因游俠多用刀劍，又有「刀俠」、「劍俠」之稱，有些蕩行江湖、居無定所，不願沽名釣譽、透露身分，人又稱其為「隱俠」。〔註55〕又根據《二十四史俠客資料匯編》，〔註56〕此類的異名尚有「兇俠」、「狂俠」、「果俠」、「勇俠」、「姦俠」、「義俠」、「鋒俠」、「黨俠」、「英俠」、「爽俠」等。〔註57〕「儒俠」，「道俠」。〔註58〕

　　上述諸異稱，實應視為「俠」的複合詞（除「劍俠」外），因為其通常是加上一個形容詞，用以形容俠的性格或行為表徵，只是強調其特質，不可視為一種類分。除「劍俠」、「隱俠」之外，其他的稱謂均可見於歷史文獻。只是這類用語，後來被小說研究者引介到「俠」的分類上，因此出現了名詞歧義的問題。下文將廓清異名與不同類型的俠，並且對小說與歷史上同名，但意涵不同的名詞提出說明。

　　現今可見的「游俠」分類，至少有二種。王齊在《中國古代的游俠》第四章「游俠」的類分中，將「游俠」分為九類：即「卿相之俠」、「布衣之俠」、「義俠」、「武俠」、「豪俠」、「輕俠」、「盜俠」、「隱俠」、「巾幗女俠」。但分類標準不一，前二類以身分劃分，最後一類以性別劃分，而其他類別又以特質，包括性格、行徑區分。王氏未將歷史與文學分開討論，因此本論文並不採用此說。另一種說法，則是曹正文《中國俠文化史》論的五種成份：〔註59〕

> 刺客與游俠是中國之俠的組成部分，但除了這兩類人，還有其他成分的俠士。那就是「卿相之俠」、「義俠」與「盜」。……盜也是俠的一種成分。因為盜與俠兩者不可分割。……其實，古代的盜也分兩種，一種是盜賊，確是欺凌孤弱，無惡不作；還有一種是俠盜，他們專與官府、豪紳作對，取其不義之財。〔註60〕

〔註55〕同註19，頁17。
〔註56〕同註48。
〔註57〕同前註，頁291～296。
〔註58〕淡江大學中文系編：《俠與中國文化》（台北：台灣學生書局，1993年）
〔註59〕此外，《武俠文化》第三章「武俠眾生相」分述八種類型：刺客、游俠、豪俠、隱俠、義俠、盜俠、儒俠、女俠，董氏的分類所存在的問題和王齊相似。同註20，及董耀忠：《武俠文化》（北京：中國經濟出版社，1995年），頁120～137。
〔註60〕曹正文：《中國俠文化史》，（上海：上海文藝出版社，1997年），頁20～21。

最早以身分社會階層區分卿相之俠、布衣之俠者爲《史記》〈游俠列傳〉。根據林保淳，所謂「游俠」指的是漢以前由韓非、班固、荀悅所提到的原俠，雖溫良泛愛、振窮周急、謙退不伐，不過大抵乃橫行州里的地痞流氓。魏晉以後出現的少俠則是近於無賴惡少，屬於小霸王之流，憑藉財勢、輕裘肥馬、鬥雞走狗、豪氣千萬，視戰功爲囊中之物，亦可稱爲新一代的游俠。〔註61〕因此，筆者主張「少俠」、「游俠」屬於歷史之俠，而唐代游俠分化的一支「劍俠」，和後來經儒家思想滲透產生的俠客最後造型，即「義俠」，乃至晚清以後發展出的「武俠」，屬於文學之俠。本論文在運用到這些名詞時，亦依此原則用，並加上專有名詞引號。〔註62〕

　　「俠」之名目繁多，妨害理解，在名詞歧義方面，部份的論著會將兩漢具豪霸氣的游俠稱爲「豪俠」。〔註63〕然而，《太平廣記》題名爲「豪俠」。其中所收錄的故事和人物造型，並非兩漢土豪流氓型的俠客，是故，歷史上的「豪俠」與小說中「豪俠」出現歧義。另外，後來《劍俠傳》，大量收入《太平廣記》「豪俠」類篇章，如此則使「劍俠」與「豪俠」概念重疊。相似的情況又如喬吉《續劍俠傳》始收錄的〈義俠〉一篇。綜合而言，「豪俠」、「劍俠」、「義俠」三者，產生概念混淆。

　　此可分兩個層次說明，首先是「豪俠」。關於此，須回溯本節提出的複合詞觀念。〔註64〕「豪俠」原本並非是俠的亞類，豪字是冠於俠上的形容詞，因此，在古人的分類中，起始並未清楚視爲一個特殊類別，自然也無與歷史劃分的必要。是故「豪俠」、「劍俠」、「義俠」在分類上出現的疊合現象，是因吾人以今逆古所造成的結果。換言之，無論是歷史之俠的劃分爲「游俠」、「豪俠」、「少俠」等，或小說文學俠客的分類，其分類及名詞的確立均是再定義的過程；「豪俠」、「義俠」原可能都只是指「俠」，並非有特殊的指涉，用以與其他類別作區隔。

　　另一方面，必須指出：其一，《太平廣記》的「義俠」與林保淳論文中的

〔註61〕同註25，頁108～109。

〔註62〕若提及其他學者使用上述名詞時，則援用原作者之原文，不易其字。

〔註63〕例如陳山便因兩漢俠「權行州域、力折公侯」的豪強化的現象，將其稱爲「豪俠」。陳山：《中國武俠史》（上海：三聯書局，1992年）

〔註64〕筆者認爲《太平廣記》所謂的「豪俠」，應只是指「俠」這種人物，亦即此處的「豪俠」並非一種次於俠的亞類，而是泛指「俠」，故應被視爲複合詞的運用。此外《太平廣記》其他的分類並未出現兩種人物合集的現象，故「豪俠」應該不是「豪」與「俠」的組合。

「義俠」意涵並不相同。林氏論文的「義俠」，乃是特指古代俠義觀念演變中的最後造型，而其「義」也並非只是複合詞中作形容詞的作用而已，其本身即具有特殊的指涉，意指俠客的正義化，此時「義」已經等同正義。林氏所謂「義俠」與「劍俠」均是俠客中一種特殊的類型，彼此各有特性。至於《太平廣記》的「義俠」應是指「俠」這種人物，二者同名異實。其二，《太平廣記》「豪俠」指的是具有豪氣的俠，是一種複合詞，和歷史上的「少俠」（特指魏晉以降的新興游俠）不同。同時，「豪俠」類收錄的篇目雖然多與《劍俠傳》相同，但「豪俠」類的作品並未完全被《劍俠傳》收入，如〈李亭〉、〈彭闥高瓚〉、〈侯彝〉。上述幾篇的共同點在只偏重俠客豪邁的氣義表現，未描寫任何與「劍俠」相似的性格或行為特徵，可能因此才沒有被《劍俠傳》的編者納入。至於〈崔慎思〉的故事與〈賈人妻〉雷同，故未見於《劍俠傳》。總之，比對《太平廣記》和《劍俠傳》，筆者認為小說中所謂的「豪俠」與「劍俠」並不等同，當然「豪俠」與本論文界定的「劍俠」（特指文學之俠中的一種亞類）一詞的意義也略有出入。

在小說中，尚有俠盜名稱，特指俠的身分是盜賊，有別於以特質區分的類型「義俠」、「劍俠」。

二、小說中俠的形象

歷史之俠〔註 65〕不等於文學之俠。更重要的，史載均未尋獲女俠與「劍俠」的蹤影。〔註 66〕迄今有關「俠」的定義，不惟忽略「大俠神話」，也忽視了小說中俠形象亦非恆久不變。本節由歷代小說中俠的形象和義內涵的變

〔註65〕龔鵬程於《二十四史俠客資料匯編》序言中曾為「歷史之俠」作定義，大致是可以採納的：「我們大體可以發現俠是指一種行為樣式，凡靠著豪氣結交，與共患難的型態，而形成勢力者即可名之為俠。依仗此種權勢，俠乃能『權行州里，力折公侯』『立氣齊、作威福、結私交、以立強於世』。用現代詞彙來說，他們都是『為人四海』『講氣魄』的人物，所以能跟它們的賓客徒眾同是非、相與信、共衣食酒肉，甚至為了朋友還可以兩肋插刀，輕死重氣，把身體性命借給朋友去報仇。」同註48，頁Ⅲ。這種俠的豪氣表現，實則可將之視為俠義觀的初型，亦即「俠義」的原義是一種氣義。綜合而言，筆者主張將「歷史之俠」定義為凡靠著豪氣結交，與共患難的行為模式，而形成勢力的人。

〔註66〕《新唐書》卷二○五〈列女傳〉記載有關謝小娥的故事，雖然謝小娥在後期小說中被稱為俠，但此段史載僅言明其夫段居貞為歷陽俠少，並非指謝小娥為「俠」，故不視其為歷史上的女俠文獻。又雖《清史稿》卷五○五〈藝術傳四〉記錄甘鳳池事蹟有不少神術的片段，但畢竟與文學中「劍俠」有別。

動，尋繹小說中俠的精神特質，嘗試為「小說之俠」作一個基本的界定。

（一）俠與義的詮釋互動

《太平廣記》「豪俠」類是小說總集中，首度將「俠」視為一個群體而輯錄的文獻。徐斯年《俠的蹤跡——中國武俠小說史論》指出：

> 段成式《酉陽雜俎》卷九有「盜俠」部，列記事九則，宋人所編《太平廣記》卷一九三至一九六標目，都是內容題材的歸類，而不是文體的專名。〔註67〕

此時，「俠」尚未被視為一個文體分立蒐羅，因此，將以《太平廣記》列記的篇章為主，其他具有俠義俠行的作品，則列入補助的資料。

崔奉源曾於《中國古典短篇俠義小說研究》一書中，羅列短篇「俠義小說」篇目，筆者將以該篇章，〔註68〕加上漏補而實屬「俠客小說」的篇目，作為小說中「俠」形象的考察對象。除崔氏收錄《太平廣記》、《江淮異人錄》、《劍俠傳》、《洛陽縉紳舊聞記》、《清平山堂話本》、《京本通俗小說》、三言二拍、《石點頭》、《西湖二集》及《醉醒石》中的篇章外，短篇的作品尚包含《型世言》卷二中第五回和第七回二篇，分別是〈淫婦背夫遭誅，俠士蒙恩得宥〉與〈胡總巧用華棣卿，王翠翹死報徐明山〉、《二刻拍案驚奇》卷十二〈硬勘案大儒爭閒氣，甘受刑俠女著芳名〉、《十二樓》三與樓第三回〈老俠士設計處貪人，賢令君留心折疑獄〉、《聊齋誌異》的〈俠女〉、〈劍俠女隱娘傳〉以及《池北偶談》〈劍俠〉、〈女俠〉，《堅瓠集》〈異俠借銀〉，《夢廠雜著》〈俠客傳〉，《影談》〈繩技俠女〉，《崔東璧遺書》〈漳南俠士傳〉，《敏求軒述記》〈隱俠傳〉，《子不語》〈姚劍仙〉、〈姚端恪公遇劍仙〉，《客窗筆記》〈女劍俠傳〉，《里乘》〈劍俠〉，《續劍俠傳》〈奚成章〉，《嘯亭雜錄》〈書劍俠傳〉，《淞隱漫錄》〈女俠〉，《仕隱齋涉筆》〈劍仙國〉，《清稗類鈔》〈隱俠馮鐵匠〉。總集類有明·鄒之麟編《女俠傳》、明·王世貞編《艷異編》和《續艷異編》及明·吳大震編《廣艷異編》「義俠」類亦為研究的文本依據。長篇的作品則有《三俠五義》、《七俠五義》、《小五義》、《續小五義》、《七劍十三俠》、《仙俠五花劍》、《兒女英雄傳》等。上列「俠客小說」的篇目未能全盡所有範圍，一方面由

〔註67〕徐斯年：《俠的蹤跡——中國武俠小說史論》（北京：人民文學出版社，1995年），頁32。

〔註68〕崔氏一書中蒐羅的篇目，有些內容與題名均未稱為俠，不予併入。如〈轟師道〉、〈楊溫攔路虎傳〉、〈錯斬崔寧〉、〈嬾殘〉等。

於部份作品僅存書目，例如明‧徐廣編《二俠傳》、《綠窗女史》和清‧鄭官應編《續劍俠傳》。另一方面，依本論文選定標準：被總集歸入「俠」類的作品、篇章定名有「俠」的作品、和小說中具有被直接稱爲「俠」的人物爲基本原則。礙於時間限制與資料散佚，不免有缺漏的篇章未被納入，雖不能說很完整，大體而言，對此型小說人物形象變化亦可大致的掌握。下文茲據俠客形象分析其特質，尤其著重在研究行俠目的及準則。

1、小說中「俠」的原始造型

《太平廣記》〔註69〕「豪俠」類共分四卷，即卷一九三至一九六，總計二十五篇，依段莉芬〈《太平廣記》豪俠類研析〉，標題直接標明爲「俠」的作品爲：〈僧俠〉、〈義俠〉兩篇，而篇中指明爲「俠」者共有〈崔愼思〉、〈馮燕〉、〈田膨郎〉、〈宣慈寺門子〉、〈潘將軍〉、〈荊十三娘〉、〈許寂〉、〈丁秀才〉八篇。〔註70〕

《太平廣記》爲宋太宗太平興國年間，命儒臣李昉等十三人編修而成。因此，筆者認爲，雖然「豪俠」類網羅的作品多出自唐人小說，但是除上述被明指爲「俠」的作品，可視爲唐人對「俠」的印象，至於「豪俠」類其他篇章則反映出宋代編者對「俠」的看法。針對上述諸篇，應說明的是，〈荊十三娘〉一篇中，僅指出荊十三娘亡夫趙中行以豪俠爲事，不曾稱荊十三娘爲「俠」。〈崑崙奴〉一篇中，磨勒夜間背負崔生和歌姬出牆，勳臣一品家的守禦者均未示警，隔日，一品驚駭之餘，以爲能飛簷走壁、出入自由者，必是俠士所爲。本篇中稱磨勒爲「俠」，雖是根據一品的推斷之詞，也算側面稱呼俠士，應可以納入。故略微修正段莉芬的歸納，刪除〈荊十三娘〉而併入〈崑崙奴〉方是。

劉若愚和崔奉源均分別對「俠」作出數點特徵的概括，如下所述：

（1）助人爲樂（2）公正（3）自由（4）勇敢（5）誠實，足以信賴（6）愛惜名譽（7）慷慨輕財〔註71〕

綜合言之，所謂「俠」，筆者以爲是指符合下列條件者之稱呼：

（1）路見不平，拔刀相助。（2）受恩勿忘，施不望報。（3）振人不贍，救人之急。（4）重然諾而輕生死。（5）不分是非善惡。（6）不

〔註69〕宋‧李昉編：《太平廣記》（台北：文史哲出版社，1987年）。
〔註70〕段莉芬：〈《太平廣記》豪俠類研析〉（《建國學報》第十四期，1995年），頁184～190。
〔註71〕同註12，頁4～6。

　　矜德能。（7）不顧法令。（8）仗義輕財。〔註72〕
吾人若歸納分析「豪俠」類必會發現，二十多篇故事中，多篇展現技藝，包括劍術、繩技、鬥豪等，同時未有足可稱道的俠行或俠義精神，與上述兩家綜論大異其趣。

　　諸篇中最引人爭議的，當推〈李亭〉、〈彭闥高瓚〉、〈嘉興繩技〉三篇。〈李亭〉一則僅敘述少年李亭「好馳駿狗、逐狡獸、或以鷹鷂逐雉兔，皆爲嘉名」。〔註73〕〈彭闥高瓚〉敘述二人於市街鬥豪競勝。兩篇的主角人物均未表現俠義行徑，徒然是血氣之勇而已。兩則未於題名或內容提及「俠」，固然有可能是編者誤置，不過其徑走市街、憑藉原始生命的勃發，倒有幾分神似流氓型的歷史游俠，也未嘗不可視爲宋代編者對「俠」的理解，還殘留歷史的影響。

　　展露個人技藝而歸入豪俠的，除〈嘉興繩技〉，尚有〈京西店老人〉、〈蘭陵老人〉、〈許寂〉與〈丁秀才〉四篇。後四篇均與「劍術」有關，〔註74〕而且後來均被《劍俠傳》收錄。先說〈嘉興繩技〉，若說〈李亭〉、〈彭闥高瓚〉不可謂「俠」，猶有歷史之俠的豪氣，那麼以繩技脫獄的本篇，頂多只可當作奇技記錄，小說人物也只能以異人看待，實不知編者蒐羅的理由何在。至於後四則故事則透露一個重要的訊息：小說中「劍俠」的萌生，以及對「劍術」技藝的重視。〈京西店老人〉、〈蘭陵老人〉重點在強調「劍術」出神入化；〈許寂〉和〈丁秀才〉二篇均明顯的指陳凌空擊劍、技藝超凡屬於俠之流。此類人物雖被許爲俠者，但並未有任何特殊的俠行，而其行爲基本模式，竟爲後來「劍俠」人物所承襲，例如：神出鬼沒和無可莫名的「劍術」。

　　此時俠的行義依舊殘留歷史俠客的諸多原貌。首先，俠盜尚未分化，可從〈盜俠〉、〈田膨郎〉和〈潘將軍〉中的三鬟女子看出。通觀「豪俠」類收錄的故事，行俠的動機不一，有虯髯客逐鹿中原，賈人妻復仇雪恨，荊十三娘濟弱扶傾，侯彝已諾必誠，義俠誅伐負心之人，紅線報恩，然其行事以氣義所向，雖偶合於義，畢竟非仁義、正義，往往是以個人標準衡斷之，所以聶隱娘可以任意改變輔助對象。諸篇中，唯獨〈義俠〉較爲特殊，俠客原是一名刺客，後來因躲在床下聽聞縣令恩將仇報，於是殺此負心人爲公申冤。

〔註72〕同註15，頁19～20。
〔註73〕同註69，頁1445。
〔註74〕這裡的「劍術」，不單指以長劍和七首爲武器的劍藝表現，包括道術運用的其他技藝。本論文中提及「劍俠」不同一般劍技的劍藝表現均以「劍術」（有加引號者）表示，至於引用其他學者論述及引文不在此列。

此人自稱義士，不願枉殺賢士，與一般不辨是非的刺客不同，他所謂的義與
正義接近。此篇出自唐・皇甫氏《出原化記》與李德裕提倡〈豪俠論〉的時
代相近，是故當時社會上對俠義的看法可能已有所轉變。

　　總之，《太平廣記》反映了至北宋初年時小說中的「俠」的行爲模式，大
抵仍以氣義的發抒爲依歸，雖然亦有表現出《史記》中「俠」的道德品格，
乃是一時意氣併發，無必然性，更談不上正義的使者。

2、小說中「俠」的形象與俠義觀念的遞變

　　三言二拍中列爲俠義故事的，有些屬於創業神話，敘述帝王在未登基前
發跡變泰的故事。例如：〈宋四公大鬧禁魂張〉、〈史弘肇龍虎君臣會〉、〈鄭節
使立功神臂弓〉、〈臨安里錢婆留發跡〉、〈趙太祖千里送京娘〉等，筆者以爲
此類故事，與其稱爲俠客小說，不如稱爲英雄發跡。

　　宋明之際，俠客形象演化中，較明顯的例證爲明・凌濛初《初刻拍案驚奇》
〈程元玉店肆代償錢，十一娘雲崗縱譚俠〉。本篇中十一娘一番縱論，樹立了
新的「劍俠」造型，她強調行俠的正當性，將俠的正義形象推到了極點，先
是劍術的傳承方面有嚴格的戒律：

> 此術非起于唐，亦不絕于宋，……但揀一二誠篤之人，口授心傳，
> 故此術不曾絕傳，也不曾廣傳。……所以彼時先師，復申前戒大略：
> 「不得妄傳人，妄殺人！不得替惡人出力，害善人！不得殺人而居
> 其名」，此數戒最大。〔註75〕

議論報仇觀亦由私人恩怨，昇華至公仇公義：

> 「……就是報仇，也論曲直，若曲在我，也是不敢用術報得的。」……
> 「仇有幾等，皆非私仇，世間有做令官，虐使小民，貪其賄，又害
> 其命的；世間有做上司官，張大威權，專好諂奉，反害正直的；世
> 間有做將帥扣剋軍餉，不勤武事，敗壞封疆的；世間有做宰相，樹
> 置心腹，專害異己，使賢奸倒置的；世間有考試官，私通關節，賄
> 賂徇私，黑白混淆，使不才倖幸，才士屈抑的，此皆吾術所必誅者
> 也！至若舞文的滑吏，武斷的土豪，自有刑宰主之。忤逆之子、負
> 心之徒，自有雷部司之，不關我事。」〔註76〕

〔註75〕明・凌濛初編：《初刻拍案驚奇》卷四（台北：文化圖書公司，1993 年），頁
　　　　56～57。
〔註76〕同前註，卷四，頁 57。

俠至此已被賦予新的道德約制，逐步向理性化靠攏。特別是俠士行義的標準，不僅不再以個人是非作爲決斷，連滑吏、土豪、逆子、負心人，都不在其誅殺之列。這點明顯與虯髯客殺負心者、崔愼思婦報私怨不同，甚至比義俠故事中戕殺恩將仇報的不義之人，更強調公義的正當性、合法性。

俠客趨向理性化致使此時的「義」的內涵擴充，漸漸與忠孝等德目結合。例如：〈俠女散財殉節〉中的朵那女不但於盜寇入宅、加害主母之時，願代主母而死，更因爲智救主母散盡財寶，而自覺虧負職掌，最後自殞身亡。書中稱許義女殉節，此種俠義觀，不只是正義，實則接近忠義、節義。〔註77〕所以，即使是俠盜之流，也不再像三鬟女子、田膨郎專門出入禁宮，以越貨竊寶爲務，反而是劫富濟貧、盜亦有道的正義之士。如〈神偷寄興一枝梅，俠盜慣行三昧戲〉：

> 卻是嬾龍雖是偷兒行徑，卻有幾件好處：不肯淫人家婦女；不入良善與患難之家；與人說了話再不失信；亦且仗義疎財，偷來東西，隨手散與貧窮負極之人；最要蘑惱那慳客財主，無義富人，逢場作戲，做出笑話。因此到所在，人多倚草附木，成行逐隊來皈依他，義聲赫然。嬾龍笑道：「吾無父母妻子可養，借這世間餘財，聊救貧人。正所謂捐有餘補不足，天道當然，非關吾之好義也。」〔註78〕

嬾龍不好漁色迥異於《太平廣記》姦人妻子，又殺人妻子，致使其人獲罪的馮燕。不過馮燕之輩未從「俠」小說中消逸，《型世言》〈淫婦背夫遭誅，俠士蒙恩得宥〉中的耿埴即屬於此。對照嬾龍與馮燕，可知後期俠義觀念雖有轉變，但行爲模式仍無統一標準。

從上所述，根據俠客形象之變，可以發現俠與義關係緊密，只是義並非一成不變；因此，在俠與義的互動中，得以更清晰的看出「小說之俠」的發展軌跡。俠義觀念的轉變，影響到「小說之俠」的界定，尚可由兩方面來說：

明清以後，「義俠」造型完成，使俠義觀可以納入儒家思想，也消解了俠與朝廷的對峙關係。《七俠五義》、《小五義》的俠客雖然分化成行走江湖和輔翼朝廷兩種，但不論在朝在野，均能忠義兩全。例如陷空島五鼠和展昭，

〔註77〕明·周楫：《西湖二集》第十九卷（江蘇：江蘇古籍出版社，1994 年）
〔註78〕明·凌濛初：《二刻拍案驚奇》卷三十九（台北：文化圖書公司，1992 年），
　　　　頁 512。

甚至《兒女英雄傳》的何玉鳳（十三妹）還參與了反清復明大業。所以後期俠的形象愈加符合章太炎〈儒俠篇〉所謂的「當亂世則輔良，當平世則輔法」。

另外，女俠形象變化也可作輔證，早期「劍俠」型女俠不強調儒教規範中貞烈品格，但後期的女俠則多具此特質，而且以能慧眼識人和義助恩人著稱，包括「豪俠」、「義俠」、「節俠」、「任俠」、「游俠」等，例如《女俠傳》。

綜合言之，儘管「小說之俠」多面，隨時代變換形象，然綜觀其轉變，仍可清楚的看到俠與義的詮釋互動，可見「小說之俠」的變化，重點在於「義」意涵之變和外延的擴充。

前文嘗論及唐宋小說中俠義觀，乃是相當「歷史之俠」的氣義表現，崔奉源對俠義的定義爲「俠義就是俠所認爲正義的行爲標準」，這種因俠所處的立場不同而產生的觀念，完全依恃生命本然血性氣質的發抒，確實可當作初期所展現的俠義觀。表現氣義的存在姿態有著怎樣的生命情調呢？可用林鎭國〈死亡與燃燒──談游俠的生命情調〉一段加以說明：

> 慷慨悲歌，正是昂揚激烈的情意生命之表現；這種表現絕對不是道德理性所可以規範的，因爲他所要成就的不是通貫天人，化育萬物的道德理想，而只是純屬感性生命的充盡抒放，試圖從自我對死亡的選擇裏，解消生命的有限性，來完成生命的價值。當然，解消生命的有限性，不就等於超越到無限的領域；所以完成的生命價值，也不是儒家義下的道德價值，因爲根本上，游俠的存在根源就是生命的虛無性、有限性、與不安性。〔註79〕

此種生命徒然任原始意氣飛揚，無穩定的必然性，時而偶合於義，時而流蕩禍亂，本身缺乏理性，更無法規範，致使史書傳者，如班固、荀悅等，不得不加以針砭；同時，知識份子倡議新俠義風範匡正世道人心，例如李德裕、章太炎、曾國藩論俠。隨著俠客形象的變造，伴隨俠義觀的再造，終於反映在小說形塑造人物上，小說中俠義觀，由氣義轉向公義、正義、忠義、孝義。這個發展過程，與「歷史之俠」有相近之處，不過小說更爲顯著。

（二）「小說之俠」的形象特質

根據前文，大俠神話受文學描寫影響，與歷史俠客壁壘分明，俠客重塑的過程，從否定到部份接納，到完全肯定，其中以司馬遷〈游俠列傳〉、魏晉迄唐

〔註79〕林鎭國：〈死亡與燃燒──談遊俠的生命情調〉（《鵝湖》第三卷第三期，1976年），頁 17～18。

的游俠詩、李德裕〈豪俠論〉、石玉崑《三俠五義》為最重要的關鍵。〔註80〕基本上，在小說的領域，大俠形象的完成要等到近現代武俠小說才確定，而從古典研究中，可以發現俠的原始造型受到《史記》〈游俠列傳〉影響極大。

《太平廣記》〈崔慎思〉曾稱許崔夫人有古俠之風，此時小說人物的行為模式，不脫不軌於正義，例如〈潘將軍〉中的三鬟女子、〈田膨郎〉、〈盜俠〉均是雞鳴狗盜之徒，他們踰牆竊寶，或出於遊戲心態（三鬟女子與人打賭），或係慣常舉動。田膨郎被稱許為任俠之流、非常之竊盜，顯然雷同《史記》「游俠」和盜寇之分。觀《太平廣記》侯彝藏匿亡命，重守信諾，寧死也不肯背信，正是《史記》中所強調的「取予然諾，千里誦義，為死不顧世」。而〈宣慈寺門子〉、〈胡證〉只因一股不平，便救人於困阨之時，而後又功成身退，也如游俠「不矜其能，羞伐其德」。雖然《太平廣記》中俠客原動力，尚屬一種意氣激動的結果，不過比諸史書上混於市廛、作威作福、淫掠婦女者不同。可知自一開始「小說之俠」即與匪寇、豪強有所區隔，小說將史書上混世魔王型的俠客弱化，而重在描繪血氣激昂的豪邁（即所謂氣義表現），恐怕和《史記》對俠的正面提升有關。

歸納《太平廣記》可得一個結論：行俠目的雖不盡相同，共同的特色即是大多為刺客，或主動或委任，計有：〈崔慎思〉、〈聶隱娘〉、〈紅線〉、〈盧生〉、〈義俠〉、〈李龜壽〉、〈賈人妻〉、〈荊十三娘〉。其中〈盧生〉直接自稱刺客。歷來論者多論及俠與刺客的關係，崔奉源更指出兩者異同：

> 蓋刺客與游俠頗有相同之處，兩者行為表現雖異，然其本意都是「為人」，也是憑著個人的義氣，……所不同者：（1）、游俠精神是主動的，其活動背景乃在閭巷間，「路見不平，拔刀相助。」對象可以是陌生人，也可以是一群人，任何受欺壓的弱者；刺客精神本質上是被動的，其活動背景乃歸於政治舞台，以個人忠義為主，常為報知己之恩，對象是單一的。（2）、游俠行為不必一定帶武，刺客需勇，必要武備。換句話說，游俠較重於「文」方面，而刺客較重於「武」方面。〔註81〕

《史記》中「游俠」與刺客原本並不屬於同類人物，考察〈刺客列傳〉，通篇

〔註80〕林保淳：〈「二十四史俠客資料匯編」編輯、緣起及說明〉，《二十四史俠客資料匯編》，同註48，頁 XII。
〔註81〕同註15，頁 18～19。

均未稱爲「俠」，雖田光嘗以「節俠」自許，但主要人物是指荊軻，至少太史公尚未將兩者合一。但誠如崔氏所言，刺客與「俠」並非全然無關，因爲刺客多稱勇士，卻常以「義」聞名於世；何況，在小說中俠客經常扮演刺客，武器也多與〈刺客列傳〉的匕首相同。另外，刺客標榜的行爲準則，被「小說之俠」所繼承，最明顯的痕跡即是「報」的觀念。楊聯陞指出：

> 在游俠的道德標準中，還報的原則是普遍主義的，他是絕對會償還他所接受的每一餐好心的招待，也會對每個人憤怒的眼光還以顏色，不管對方是君子或小人，親友或陌路人。〔註82〕

歷史之俠動輒殺人，例如汲黯「合己者善待之，不合己者不能忍見。」〔註83〕這與「小說之俠」略有出入，像〈紅線〉、〈崑崙奴〉、甚至三鬟女子報恩通常具有特殊的還報對象，而且並非完全出於個人的好惡。都因受託者對他們有重恩，所以予以不同程度的回饋，這種精神實際上更像刺客「一對一的義」，〔註84〕近乎士爲知己而死。其實，俠客與刺客在《史記》中雖分立爲二，至遲到唐代司馬貞注《史記索隱》時，已初步做了某種程度的連結：

> 司馬貞《索隱》：游俠，謂輕死重義，如荊軻、豫讓之輩也。〔註85〕

後代小說編者更是將刺客視爲俠的範疇：

> 凡劍俠，經訓所不載。如專、聶者流……〔註86〕

> 劍俠實刺客之餘烈，若此之科，不容曲述，……〔註87〕

簡而言之，刺客原雖非歷史俠客，不過其重義的精神，「還報」觀成爲後世小說形象塑造的參考，因此，「小說之俠」兩者合一。

綜合言之，俠與義的詮釋互動決定了「俠」意涵的改動，同時，「小說之俠」受《史記》影響，俠與刺客共同點均以「義」著稱，因此說明在「小說之俠」的不同殊相裡，所共具的特點就是「義」，亦即俠之所以爲「俠」，便是具有「義」的基本性質。換言之，「俠」的意涵，應是以「義」爲必要條件，

〔註82〕楊聯陞：〈報——中國社會關係的一個基礎〉，《中國思想與制度論集》，（台北：聯經出版事業公司，1977年），頁368。

〔註83〕引自〈汲黯列傳〉第六十，司馬遷：《史記》卷一二〇（北京：中華書局，1989年），頁3106。

〔註84〕同註25，頁98。

〔註85〕裴駰：〈史記集解序〉，同註83，《史記》附錄，頁3。

〔註86〕明・王世貞：〈劍俠傳小序〉，《劍俠傳》，同註39，頁14。

〔註87〕明・吳琯：〈古今逸史自敘〉，《古今逸史》（台北：台灣商務印書館，1969年），頁2。

而俠變化的關鍵就在於「義」轉變和擴充上。《中國古代豪俠義士》一書說到：

> 「義」是俠的生命線，俠之所以稱之爲俠就是因爲其在「義」的倫
> 理追求上，較之非俠者有著凸出的自覺與偏執。當然，俠的極引人
> 入勝之處是武林高手，但這不過是實現「義」的一種手段。〔註88〕

這種看法是成立的。職此之故，筆者主張將「小說之俠」定義爲：「俠」是指
在小說中具有義氣的角色，而此處的具有義氣，包括了「俠」的行義標準以
及依此產生的行爲模式。至於「義」可以採崔奉源的界說，亦即「俠所認爲
正當的行爲」。換言之，「俠」是具有義氣的角色，其行俠的準則，乃是根據
俠所認爲正當的行爲，據此原則，遂行其事，而產生不同的行爲表現，可能
是個人恩怨的報償，也可能偶合正義、公義。至於這個俠義的觀念，本身是
可變的，大致呈現從氣義到正義、忠義的發展。

須加以解釋的是，採用「角色」一詞，而不以人物：

> 「角色」是抽象的觀念，他們代表各種特定關係的「人物」（acteurs）
> 的單位或「角」（roles），一個角色可由不同的「人物」（小說中實際
> 出現的人物或「演員」扮演），亦可由非人類的因素，如「歷史」、「世
> 界」、「物質力量」等代表。〔註89〕

因爲在俠客小說中，出現並非是人而是神仙的俠，如「仙俠」，因此用角色一
詞概括。此外，爲求定義周延性，必須考慮俠義觀念變化的軌跡，使定義能
兼顧「義」認定標準的變動性，故保留小說中「俠」原本的模糊性和可變性。

要言之，「歷史之俠」與「文學之俠」皆有其自身的面貌，「義」爲聯繫
「俠」在兩者間的共性。「小說之俠」的誕生，受到《史記》與古代俠義觀念
轉變的影響，文學性創造的成份居多，具有獨立性與變動性；大致上漸趨於
理性化，關鍵在「義」意涵的改變與擴充。

〔註88〕王立：《中國古代豪俠義士》（安徽：安徽人民出版社，1996 年 8 月），頁 2。
〔註89〕高辛勇：《形名學與敘事理論——結構主義的小說分析法》（台北：聯經出版
　　　　事業公司，1987 年），頁 153。

第二章 「劍俠」的原始造型

　　由緒論可知「實存俠」與「觀念俠」的差異，同時也初步的定義「文學俠」中的「小說之俠」，[註1] 本章將討論主題——小說中的「劍俠」。先就類型人物興起，形象特質與其中的女俠三方面，說明「劍俠」名稱的出現和類型的確定，「劍俠」型女俠的特性，以及「劍俠」轉型等問題。

第一節 「劍俠」的崛起

一、文學俠異軍突起

　　俠在唐代開始分化，一部分的俠與知識份子關係緊密，影響所及，使俠的本質開始轉化，理性化行為成分也相對增加；另一部分俠者篤意於原有俠義的傳承，保持重私人恩仇，皆睚殺人，亡命作姦的傳統，其原始性也因此增強，逐漸趨向神祕化，而成為劍俠。[註2]「劍俠」源自文學獨創，其行跡與性格雖雜揉「實存俠」原始范眛的成分，但神奇詭祕的重要表徵，仍迥異

〔註1〕 這裏的「實存俠」、「觀念俠」和「文學俠」是借用李歐〈論原型意象一「俠」的三層面〉中使用的名詞。所謂「實存俠」是指根據史籍重構的俠客形象；「觀念俠」則是一般人帶有閱讀期待所塑造的某種理想形象，是公理和正義的象徵；至於「文學俠」即是文學中的描繪的俠客形象。（李歐：〈論原型意象一「俠」的三層面〉，《四川師範學院學報》第四期，1994年），頁42～46。「實存俠」即本論文的「歷史之俠」，「觀念俠」相當「大俠的神話」，「文學俠」等於「文學之俠」。

〔註2〕 同第一章註2，頁137～138。

歷史原貌，而是一種文學想像的產物。

依林保淳：

> 少俠與遊俠在唐代是相當興盛的，但是皆前有所承，真正能異軍突起，迥異於以往的諸俠的是——「劍俠」。「俠」而以「劍」領銜，與游俠之著重於「遊」，自然不同，此一不同，非僅指其神妙絕倫的「劍術」足以令純憑武勇豪氣的游俠瞠目結舌，更指其性格、行徑與道義，皆別具特色。〔註3〕

「劍俠」作為小說中特殊的人物典型，其形象特質與轉化，為本論文探論重心，筆者將「形象」界定為小說人物性格及行為表徵，特別是著重在相較於其他的典型（例如：「義俠」）所凸顯的特殊性。

二、「劍俠」嶄露頭角

《劍俠傳》〈郭倫觀燈〉首次自稱俠客為「劍俠」。此篇選自宋朝洪邁《夷堅志補》。至於最早以「劍俠」為名付梓的專書，應可推至《劍俠傳》。緒論中已提及該書作者問題，由於題名元·喬吉曾作《續劍俠傳》，因此可能早於元之前已有《劍俠傳》選本問世，故至遲到王世貞編四卷本《劍俠傳》時，「劍俠」已被視為一群體而輯錄成書。此外，題名明朝萬曆秦淮寓客輯錄的《綠窗女史》，書中立有「節俠」一部，分義烈、節烈、義俠、劍俠四類，〔註4〕又明·鄒之麟《女俠傳》也分為豪俠、義俠、節俠、任俠、游俠、劍俠六種。〔註5〕可見明代已將「義俠」與「劍俠」區別分類，並且「劍俠」也被當作一種特別的俠客典型。不過，吾人還不清楚編者分類的理由與標準。

因此，本章歸納早期劍俠形象，依據四卷本《劍俠傳》選錄的故事。而明·馮夢龍《醒世恒言》〈李汧公窮邸遇俠客〉、明·凌濛初《初刻拍案驚奇》〈程元玉店肆代償錢，十一娘雲崗縱譚俠〉亦在討論之列；明·王世貞《豔異篇》〈虬髯客傳〉、〈車中女子〉、〈崑崙奴傳〉、〈聶隱娘傳〉、〈紅線傳〉、〈花月新聞〉、〈劍客〉、〈樂昌公主〉、〈柳氏傳〉、〈無雙傳〉、〈申屠氏〉、〈碧線傳〉；明·吳大震《廣豔異篇》〈香丸誌〉、〈俠嫗〉、〈飛飛傳〉、〈王小僕記〉、〈三鬟

〔註3〕　同第一章註25，頁110。

〔註4〕　上海圖書館編：《中國圖書綜錄（一）》（上海：上海古籍出版社，1986年），頁59。同第一章註36。

〔註5〕　同第一章註36。

女子傳〉、〈崔素娥〉、〈雙俠傳〉、〈解洵〉、〈郭倫〉、〈王仲通〉、〈李十一娘〉、〈劍客〉、〈嘉興繩技〉、〈盧生〉、〈申屠氏〉、〈碧線傳〉、《霍小玉傳》中的黃衫客、《無雙傳》中的古押衙則屬於輔助資料。

第二節　原始劍俠的特質

一、「劍俠」的意涵

　　劍之於俠，並非必要條件，浪跡江湖必仗劍行俠，乃文學形象後期發展所衍生而成。歷史上的俠客，諸如朱家、劇孟均非因武藝（特別是一般劍術）而被許以為俠，倒是原涉、郭解之倫，才內隱好殺、睚眥塵中，觸死者甚多，他們多少是有些武功的。因此，俠與武藝連結本非必然，而俠與一般劍術技擊結合當屬後起。針對此，龔鵬程以為「真正開始講究劍術，並強調劍在俠士生命中意義，是在唐代；而其中最重要人物，則是李白。」〔註6〕李白傳世一百多首用劍來表達傳統俠精神的詩，說明了俠與劍開始在文學上的連結。在小說方面，《太平廣記》「豪俠」類中四篇強調「劍術」的作品，可視為小說中俠與劍最早明顯連結之跡。〔註7〕

（一）「劍」的神祕性質

　　林保淳主張「劍」在中國古代文化中有特殊意義。他認為在關於劍的諸多傳說中，值得注意寶劍的避邪作用、寶劍的劍氣和飛遁。劍的神祕性質，主要表現在三方面：劍本身的避邪功能，治煉過程的種種傳說，和寶劍與道教思想揉合：

> 從「辟除不祥」上說，則劍不僅可以禁暴止惡，更具有除邪避凶的厭勝功能，其止禁對象，可由現實的具象人物，拓展至鬼魅狐神等超現實異物。至此，劍乃超凡入聖，成為某種具有特殊象徵的符號。另一方面，道教揉合了道教辟邪除凶，防身卻害和相關的思想與寶劍「辟除不祥」的觀念為一，所謂「凡學道術者，皆須有鏡劍隨身」，不但使寶劍成為道士隨身的重要法器，進而對寶

〔註6〕　同第一章註2，頁184。
〔註7〕　關於此，請參見本論文第一章「小說中俠的原始造型」。四篇分別是〈京西店老人〉、〈蘭陵老人〉、〈許寂〉和〈丁秀才〉。

劍的煉製及施展寶劍的劍術特表重視，更加深了寶劍的神祕性
質。〔註8〕

李豐楙認爲「神仙道教即綜括古來寶劍傳說，加以體系化、宗教化，主要人
物爲葛洪《抱朴子》、陶弘景《古今刀劍錄》，至唐，司馬承禎〈景震劍序〉
集大成。主要課題則爲治鍊法術及其法術功能。」又稱六朝筆記中的寶劍傳
說爲集大成之作，包括治鍊法術的昆吾傳說和神劍役使鬼神說均爲道教思想
的產物；同時寶劍傳說表現於文士歌詩，諸如昆吾傳說，劍氣、龍鳴，形成
寶劍意象。〔註9〕凡此皆強調劍的神異性，後世以寶劍意象結合道教傳說，或
配合俠義行徑，溶化爲仗劍除惡的劍俠形象，乃是受寶劍傳說的影響。〔註10〕
綜上所述，可知劍本身的文化意義與神異情調，而六朝寶劍傳說則可視爲劍
的神祕化在文學上的淵源。

　　劍與「劍俠」的關係，可以三點來談，首先是「劍俠」的武器運用。「劍
俠」身分不乏刺客之流，早期其武器多以短劍匕首爲主，此類小說例如〈義
俠〉、〈崑崙奴〉、〈僧俠〉……等。「劍俠」的武器也多與劍有關，如〈僧俠〉、
〈蘭陵老人〉、〈聶隱娘〉、〈丁秀才〉、〈乖崖劍術〉……等。再者，寶劍傳說
中的猿公故事，也被《劍俠傳》收錄，置於卷一〈老人化猿〉：

　　越王問范蠡手戰之術，蠡曰：「臣聞趙有處女，國人稱之，願王問之。」
　　於是王乃請女。女將見王，道逢老人，自稱袁公。袁公問女曰：「聞
　　子善爲劍，願得一觀之。」女曰：「妾不敢有所隱也，惟公所試。」
　　袁公即挽林杪之竹，似桔橰，末折墮地，女接取其末。袁公操其本

〔註8〕　同第一章註28，頁40～41。
〔註9〕　李豐楙：〈六朝鏡劍傳說與道教法術思想〉，收入《中國古典小說研究專集2》
　　　　（台北：聯經出版社，1970年），頁18，頁22。所謂「昆吾傳說」是指王嘉
　　　　《拾遺記》綜合皇帝伐蚩尤、越王勾踐祠昆吾鑄劍、吳國武庫食鐵兔及干將
　　　　鏌邪神劍、張華雷煥等事，爲名山記的昆吾山傳說。
〔註10〕同前註，頁22～27。關於寶劍傳說，尚可參考福永光司：〈道教的鏡與劍—
　　　　—其思想的源流〉，收入《日本學者研究中國史論著選譯》（上海：上海古
　　　　籍出版社，1995年）。王立：〈劍崇拜與中國古代俠文學主題〉，《中國文學
　　　　主題學——江湖俠蹤與俠文學》（山東：中洲古籍出版社），頁5～39。及王
　　　　立：〈俠與劍〉，同第一章註88，頁26～69。和傅錫壬：〈靈劍神話解析〉（《淡
　　　　江學報》第三十五期，1996年）劉蔭柏亦認爲延津劍合、寶劍化龍的故事，
　　　　對後世武俠小說中的劍俠、劍仙有一定的啓發。特別是王嘉筆下的干將莫
　　　　邪傳說更見代表性。《中國武俠小說史——古代部分》（河北：花山文藝出
　　　　版社，1992年3月），頁31～32。

而刺女；女應節入之，三入。女因舉杖擊之。袁公即飛上樹，化爲
白猿。〔註11〕

王立於《中國文學主題學 —— 江湖俠蹤與俠文學》中認爲猿公是中國古人慕俠
心理中極特殊的「箭垛人物」，並且主張猿公爲古今劍仙之祖。且不論「劍仙」
是否應溯自猿公傳說，此故事的神異特質，卻增加寶劍傳說的詭譎色彩。猿公
傳聞可分三類，第一類是白猿仙公的傳聞，藉白猿與老翁互幻，顯示仙凡中介
的神奇性；第二類側重在誇張猿公超凡的體力、獸性和劍術武功；第三類則強
調山林仙隱對它們的吸引，某種程度將其修煉同佛道聯繫起來。〔註12〕〈老人
化猿〉一則中，並無特別的俠行俠跡，只是技藝展現而已，被列入「劍俠」，可
能與猿公故事的詭祕性質和「劍俠」相似之故。

　　《大俠》一書中歸納劍俠的行爲特徵有六：飛天夜叉術、幻術、神行術、
用藥、斷人首級和劍術。龔氏指出，「這套劍術，與行事擊刺或裴旻舞劍之類
不同，而是一種與原始神祕信仰和法術思想相結合的巫術，主要是用匕首或
短劍。」〔註13〕林保淳亦有相同的看法，他認爲劍俠「所謂的劍術，實際上
是指道教相關的各種法術，並非單純指劍道一類而已。」〔註14〕由此可知「劍
俠」所謂的「劍術」不是指武器的種類，其法術包括了神行術、幻術、飛天
夜叉術、用藥，以及飛劍之術在內。

（二）「劍俠」的定義

　　歷來關於「劍俠」的說法，如下所述：

　　凡劍俠，經訓所不載，其大要出莊周氏、《越絕》、《吳越春秋》，或
　　以爲寓言之雄耳。至於太史公之論慶卿也，曰：「惜哉，其不講於刺
　　劍之術也。」則意以爲眞有之。不然，以項王之武，喑嗚叱吒，千
　　人皆廢，而乃曰無成哉！夫習劍者，先王之僇民也。然而城社遺伏
　　之奸，天下所不能請之於司敗，而一夫乃得志焉。如專、聶者流，
　　僅其粗耳。斯亦烏可盡廢其說？然欲快天下之志，司敗不能請，而
　　請之一夫，君子亦以觀世矣。余家所蓄襍說劍客事甚彩，間有概於
　　衷，薈撮成卷，時一展之，以攄愉其鬱。若乃好事者流，務神其說，

〔註11〕同第一章註39，頁15。
〔註12〕同第二章註10，頁28～39。
〔註13〕同第一章註2，頁154。
〔註14〕同第一章註28，頁42。

謂得此術，試可立致沖舉。此非余所敢信也。〔註15〕

劍俠實刺客之餘烈，若此之科，不容曲述。至於據事，則事頗區詳；酌言，則言殊瑰鑠矣。抑涑水氏之類，史也。事言無係，則正史寧削而不書；政教有關，則異書旁采而不廢。逸史之目，端由此耳。
〔註16〕

魯勾踐之稱荊軻曰：「惜哉！其不講於劍之術也。」夫白日殺人都市，人不之覺，傳以刀圭立化，呼吸千里，度城郭、門堂、屋壁無礙，是遵何術與？天下無道則見，有道則隱。大柢伺諸鬼神之毀亂，以竊借其靈，近於恅矣！紅線、隱娘根託再來，法傳幽穴，縹忽窅眇，殆僽而鬼神其術者邪！然能行之侯王將相，不能加無道之始皇。賊殺魍魎不軌，未聞毒諸端人正士，蓋取道小而行直方者也。世有負心小醜，不足辱朝廷斧鉞，而天下甘心焉？倘非以輕劍擊之，惡能勝其任而媮快乎？〔註17〕

劍俠，在唐代並無固定的名稱，或稱劍客，如《通鑑》卷二五四：「宰相有遣劍客來刺公者，今夕至矣」；或稱俠刺，如《上清傳》「卿交通節將，蓄養俠刺」；或通稱爲刺客。他們和一般的俠並不相同，其活動亦不相涉，且多異能其術，非常人所能知。〔註18〕

「俠」而以「劍」領銜，與漢代游俠之於著重「游」，或魏晉南北朝之少年俠客之以「少」取勝，自然不同。在此「劍」的意涵並非指一般軍伍行陣用於斬刺殺敵的技擊，也非用以「防檢非常」的自衛術，而是一種神祕氣息的特殊技藝，包含了飛天夜叉術、幻術、神行術、用藥術、飛劍術、變化術等令人匪夷所思的神奇技倆。〔註19〕

此等「劍術」相關者計有：〈老人化猿〉、〈盧生〉、〈聶隱娘〉、〈京西店老人〉、

〔註15〕王世貞：〈劍俠傳小序〉，同第一章註86，頁14。又案段成式《酉陽雜俎·前集》卷二，〈壺史中〉云：「世間刺客隱形者不少，道者得隱形術，能不試，二十年可易形，名曰脫離；後二十年，名籍於地仙矣。又言刺客之死，尸亦不見，所論多怪奇，蓋神仙之流也。」末段蓋指此而言。唐·段成式：《酉陽雜俎》（台北：學生書局，1985年）

〔註16〕吳琯：〈古今逸史自敘〉，同第一章註87，頁2。

〔註17〕鄒之麟：《女俠傳》，同第一章註36，頁1135。

〔註18〕同第一章註2，頁139。

〔註19〕同第一章註27，頁140。

〈蘭陵老人〉、〈義俠〉、〈郭倫觀燈〉、〈賈人妻〉、〈乖崖劍術〉、〈李勝〉、〈潘扆〉等，幾乎都以「劍術」技藝爲劍俠重要行爲特徵，可見「劍俠」與其他類型的俠客主要區別正在於奇幻的「劍術」表現。

另外，依《劍俠傳》明隆慶本附錄一卷收錄的四篇故事，即〈張守一〉、〈張祜〉、〈白廷讓〉和〈青城舞劍術〉。王國良〈劍俠傳考述〉認爲「四篇有一個共同點，即有意告誡世人眞正的劍俠甚少而又難遇，勿輕易被僞裝的假貨所蒙蔽，也只有獨具慧眼的人，才有機會識別眞劍俠。」〔註20〕這四篇雖旨在諷刺當世以「俠」名欺世者，借慕俠心理而自謀利益，〔註21〕亦可見當時人對俠的普遍認知，因爲其所蓄意僞裝和強調的形象，正代表世人所理解的俠客特質。其中〈白廷讓〉描述黃鬚假劍術惑人的片段如下：

> 飲食訖，謂白曰：「君家有好劍否？」對曰：「有。」因取數十口置於前。黃鬚一一閱之，曰：「皆凡鐵也。」廷讓曰：「某房中有兩口劍，試取觀之。」黃鬚置一於地，亦曰：「凡劍爾。」再取一云：「此可。」乃命工磨之。黃鬚命取火筋至，引劍斷之，刃無復缺。黃鬚曰：「果稍堪耳。」以手擲，若劍舞狀。久之告去。廷誨奇而留之，命止於廳側，待之甚厚。……忽一日，借一駿蹄。暫出數日，徒步而來。曰：「馬驚逸，不知所之。」旬日，有人送馬至。又月餘，黃鬚謂廷讓曰：「於爾弟處，借銀十錠，皮篋一，好馬一匹，僕二人，暫至華陽。迴日，銀與馬卻奉還。」白兄潛思之，欲不與，聞其多殺客財者；欲與，慮其不返，猶豫未決。黃鬚果怒，告去，不可留。白昆弟遜謝之，曰：「十錠銀，一馬，暫借小事爾。卻是選人力，恐不稱處士指願。」悉依借與之。……數日，一僕至曰：「處士至土壤，怒行遲，遣回。」又旬日，一僕至，曰：「至陝州，處士怒潛回。」白之昆仲，謂劍客不敢竊議，恐知而及禍。踰年，不至。有賈客乘所借馬過門者，白之左右皆識之，聞於白。詰之，曰：「於華州八十千買之。」契券分明，賣馬姓名易之矣。方知其詐。〔註22〕

〔註20〕 同第一章註39，頁6。

〔註21〕 慕俠心理的討論，亦可參考王立《中國文學主題學——江湖俠蹤與俠文學》第十章〈角色缺陷與中國古代俠文學主題〉，同第二章註10，頁301～330。同篇論文又名〈俠的負面與慕俠社會心理之失——中國古代俠文學主題片論〉（齊魯學刊1994年第5期）。

〔註22〕 同第一章註39，頁92～93。

根據此,「劍術」確爲當時人心目中「劍俠」主要標誌。尚有一個旁證可見「劍術」的重要性,亦即《劍俠傳》〈義俠〉。該篇被收錄「劍俠小說」,並非俠義行跡(誅一負心人),因爲「義」爲俠的必要條件,實則因其神行術(「捧劍出門如飛,二更已返」)。這類特異功能,與其他篇法術、道術相類似。職是之故,凡歸入「劍俠」者必擁有「神祕氣息的特殊技藝」,此處統稱爲「劍術」。綜合而言,「劍俠」之所以具有獨特性,其「劍(術)」的神祕特質才是分類的依據。

歸納言之,可將「劍俠」定義成:「小說之俠」中具有特殊形象的俠客造型,其特質主要是「劍術」的神奇表現。所謂「劍術」不只是指「劍俠」使用的武器,而是具有一種神祕氣息的法術,包括飛天夜叉術(飛行術)、幻術、隱身術、變形術、用藥術、飛劍術、攝物術,前知術、望氣術等令人匪夷所思的神奇技藝。並且由於「劍」的神祕特質所輻射出的俠客性格、行徑與道義表現也迥別純憑武勇豪氣的「游俠」、「豪俠」與一般劍技的「義俠」。

二、原始劍俠的人物性格與行爲特徵

(一)嗜血性格

俠客殺人成性,古已有之,「小說之俠」多以刺客登場,殺人截頭當作任務完成的證據,亦屬勢所必然。但誠如龔鵬程所言「劍俠之所以爲劍俠,又在於能夠啖此仇人首級或心肝。」〔註23〕「劍俠」截首啖人,時見於早期故事。翻見《劍俠傳》,這類刀光劍影、鮮血淋漓的場面,常令人膽寒:

> 客曰:「吾有少下酒物,李郎能同之乎?」曰:「不敢。」於是開革囊,取一人頭并心肝,卻頭囊中,以匕首切心肝,共食之。〔註24〕

> 訓妻有衣箱,常自啓閉,未嘗見之。一日妻出,訓竊啓之,果見珠衣一襲。及妻歸,謂訓曰:「君開吾衣箱耶?」初其妻每食必待其夫,一日訓歸,妻已先食,謂訓曰:「今日以食味異常,不待君先食矣!」訓入廚,見甑中蒸一人頭。〔註25〕

> 愿及期而往,青巾者亦先至矣。共入酒肆、酒十餘舉,青巾者曰:「吾乃刺客也。有至冤,啣之數年,今始少伸。」乃於袴間取烏革囊,

〔註23〕同第一章註2,頁153。
〔註24〕〈扶餘國王〉,同第一章註39,頁18。
〔註25〕〈張訓妻〉,同第一章註39,頁67~68。

> 中出死人首，以刀截爲半，以半援愿。愿驚恐，莫知所措。青巾者
> 食其肉，無孑遺；讓愿，愿辭不食。青巾者笑，探手取愿盤中者，
> 又食之。取腦骨，以短刀削之，如劈朽木，棄之於地。〔註26〕

復仇雪恨，痛入骨髓，非殺死敵人而生吞活剝不足以洩憤，猶殘留原始俠客
的放蕩不羈。然則〈張訓妻〉至迄未交代所殺之人爲何？即便誅殺怨讎，如
此怵目驚心，仍使人印象深刻。另一方面，〈白廷讓〉也可作一例證：

> 黃鬚曰：「此劍凡殺五十七人，皆吝財輕侮人者。取首級煮食之，味
> 如豬羊頭爾。」廷讓聞之，若芒刺滿身，恐悚而退。歸具以事語於
> 弟廷誨。〔註27〕

黃鬚客的用意是恐嚇白廷讓，暗示白廷讓若「吝財輕侮人」（特別是吝財）則
將遭致不測。雖目的是詐財，然此篇亦反映「劍俠」殘忍習性已深植人心。

　　所謂嗜血性格，不僅表現在上述引文中的「習得性食人」，〔註28〕同時也
基於殺人動機往往依主觀好惡。至於爲親復仇，如〈賈人妻〉、〈崔愼思〉等
畢竟少數。何況，賈人妻殺兒截首讓人毛骨悚然。

　　原始劍俠經常基於「不平」殺人，而他們所謂的不平之氣，並不具一致
性，多個人恩怨或自以爲正當，如〈洪州書生〉，無禮的惡子死於一語忤逆：

> 成幼文爲洪州錄事參軍，所居臨通衢而有窗。一日坐窗下，時雨過
> 泥濘而微有路，見一小兒賣鞋，狀甚貧窶。有一惡少年與兒相遇，
> 攬鞋墮泥中。小兒哭求其價，少年叱之不與，兒曰：「吾家旦夕無食，
> 賣鞋營具，今悉爲所污。」有書生過，憫之，爲償其直。少年愧怒
> 曰：「兒就我求錢，汝何預焉？」因辱罵之。生甚有慍色。成嘉其義，

〔註26〕　〈任愿〉，同第一章註39，頁73〜74。
〔註27〕　〈白廷讓〉，同第一章註39，頁92。
〔註28〕　「食人習俗」（cannibalism），基本上是泛指食用人肉，在本書中鄭氏主要是
　　　　　指食用人體的某一部分，如肌肉、肝臟、骨骼，或其他部分。同時他依食人
　　　　　行爲產生的環境和起因而分兩大類：求生性食人和習得性食人。所謂「習得
　　　　　性食人」是一種食用人體特定部分的風俗化行爲（an institutionalized
　　　　　practice），亦即文化上獲得公開認可的行爲。值得注意的是，中國人一直讚賞
　　　　　此種行爲。中國習得性食人的主要原因，大體一方面出于盡忠，盡孝與熱愛，
　　　　　另一方面出于報仇、雪恥與憎恨。鄭氏更指出，習得性食人發生在和平繁榮
　　　　　時期，多由諸如愛恨等因素引起，非由飢餓和剝奪而起。習得性食人比求生
　　　　　性食人更具政治性、道德性和倫理性，至少在動機和形式上是如此，這在中
　　　　　國小說中也較常見。鄭麒來：《中國古代的食人》（北京：中國社會科學出版
　　　　　社，1994年），頁4〜10，頁129〜143。

召之與語，大奇之，因留宿。夜共話。成暫入內，乃復出，則失書生矣。外戶皆閉，求之不得。少頃，復至前，曰：「旦來惡子，吾不能容，已斷其首。」乃擲之于地。〔註29〕

可見早期劍俠殺人多憑「氣義」所致，而不是站在打報不平的立場。即使少年欺人太甚，祇須稍加嚇阻，實不必死。〈解詢娶婦〉旨在斬殺負心漢，然則只因丈夫酒醉惡言，即令夫君身首異處，不可不謂之凶狠。劍俠抒發不平，雖然偶有合於正義之事，如〈荊十三娘〉手刃妓之父母，大快人心。這種憤惋之氣終究不受道德規範，帶有強烈的任意性，聶隱娘便只因「服公神明」，改變主僕關係、施暴對象。又如〈乖崖劍術〉：

又一日，自濮水還家，平野間遙見一舉子乘驢徑前，意甚輕揚，心忽生怒。未至百步，而舉子驢避道。張因就揖，詢其姓氏，蓋王元之也。問其引避之由。曰：「我視君昂然飛步，神韻輕舉，知必非常人，故願加禮焉。」張亦語之曰：「我初視子輕揚之意，忽起于中，實將不利于君。今當回宿村舍，取酒盡懷。」遂握手俱行，共話通夕，結交而去。〔註30〕

另一方面，描繪嗜血性格的情節，往往營造出陰森的氣氛，更增添神祕特質：

居無何，與姑言：「新婦有大厄，乞暫適他所避之。」再拜而別，出門遂不見。姜氏盡室驚憂。頃之，一道士來，問姜曰：「君面色不祥，奇禍將至，何爲而然？」姜具以曲折告之。道士令於淨室設榻。明日復來，使姜徑就榻堅臥，戒家人須正午乃啓門。久之，寒氣逼人，刀劍擊戞之聲不絕，忽若一物墜榻下。日午啓門，道士已至，姜出迎，笑曰：「亡慮矣。」令視墜物，乃一髑髏，如五斗大。〔註31〕

……最後至一山巖中，有髑髏百杖。二人指曰：「此世間不義人也，余得而誅之。」君美爲之吐舌，舌久不能收。〔註32〕

嗜殺成性儼然成爲描寫「劍俠」的公式之一，李歐論及讀者閱讀期待和小說「程式化」時指出：

應該指出，這種「契約」導致產生的「程式」是有著重要的文化功

〔註29〕〈洪州書生〉，同第一章註39，頁70。
〔註30〕〈乖崖劍術〉，同第一章註39，頁65。
〔註31〕〈花月新聞〉，同第一章註39，頁75～76。
〔註32〕〈青城舞劍術〉，同第一章註39，頁97。

能的。美國學者考維爾蒂認為，通俗文學中的「程式」是文化中的因襲因素在文學中的表現，它維持的是價值觀念的連續性和個體的同一感。……其次，人們大量需要「程式」，也與時代特定的精神緊張有關——特定的強烈的閱讀「期待」本身就意味著一種特定的心理緊張，它可能代表人們無意識中的被壓抑的某種需要和潛在動機。〔註33〕

既然「程式」（formula）蘊含文化模式，俠的嗜血意象反映中國文化底層的集體潛意識，〔註34〕也就是「集團心靈的匿名作用」：

> 譬如：殺人是不對的，但一個人如果是俠，一切殺人的罪過，就都由「俠」去承擔，「俠」為我們擔負了個人原始生命力的責任，並使行動的主人（我們），轉移給匿名的形像（他們：俠）。俠客的行為，所以能夠被當作美感欣賞的對象，原因就在這裏。……這就是集團心靈的匿名作用。非人格性的原始生命力，能夠使俠客中人完全淪於匿名狀態。……匿名作用，不但足以減輕人對自身原始生命驅力的責任所應負的重擔，同時還可藉之滿足原始生命力的要求。每個人體內都燃燒著這種要求，因此觀看俠客的行動，遂使人有了一種滿足的藉替感。〔註35〕

同時，誇張渲染嗜血意象，豐富「劍俠」詭祕形象，也不曾在其他俠客身上隱形，亦即義俠也流露出潛存非理性，如《七俠五義》白玉堂。〔註36〕只不過「劍俠」更彰著而已，尤其是早期更甚。

　　陳平原《千古文人俠客夢》第六章〈快意恩仇〉中認為俠客自掌正義，快意恩仇的行為模式，暴露出中國人潛藏的嗜血欲望。他並援引魯迅指出中國人「看殺頭」陋習所顯露的食人文化，輔證說明中國民族性中嗜血慾望的心理缺

〔註33〕同第二章註1，頁45。
〔註34〕美國學者J.G.考維爾蒂〈通俗文學研究中的「程式」觀念〉嘗指出，程式故事似乎是這樣一種方式，處於一種文化中的個體用行動表現出某種無意識的或壓抑了的需要，或者用明顯的和象徵的形式表現他們必須表現然而卻不能公開面對的潛在動機。收入周憲等譯：《當代西方藝術文化學》，（北京：北京大學出版社，1988年），頁433。
〔註35〕同第一章註2，頁176。
〔註36〕白玉堂夜探苗秀居所，毫不猶豫地削下無辜婦女的雙耳，任其血流般地。石玉崑：《七俠五義》（台北：文化圖書公司，1994年）第十三回〈安平鎮五鼠單行義，苗家集雙俠對公金〉。

陷。〔註37〕實范炯主編的《歷史的瘋狂》一書，更分就戰爭，歷史、宗教、宮廷政變、文字獄、酷刑等方面展示中國人嗜血與殘忍的民族性格。〔註38〕魯迅在《狂人日記》痛切疾呼「救救孩子」，本意在控訴一個禮教吃人的社會，這個文化古國，一方面標榜理性倫常的道德規範，另一方面也不斷搬演千百年來殺戮血腥的歷史。如果說嗜殺的野性衝動是一種顛狂的行為，誠如傅柯所言「瘋顛洩露了獸性的祕密：獸性就是它的真相」〔註39〕這種難以馴化的幽黯意識，經過改裝變造，重現於文學，揭示了中國民族性中潛藏的負面性格。故「劍俠」的嗜血性格具現文化缺陷而成為其形塑表徵。

（二）行跡詭祕

原始劍俠詭祕的行跡，可從身分的隱晦，行動的獨立性與迥異常人的行徑三方面而言。

其一，早期劍俠常是身分不詳的，或無姓無名、或來歷不明。即使有群體、集團，也通常只有一人為代表，其他人物諱莫如深。例如〈車中女子〉或〈僧俠〉，僅知首腦的身分或姓名（〈僧俠〉中只知其子名叫「飛飛」），可能隸屬一個盜俠集團，其他概不可考。他們都深藏不露，不輕易示人，也不會自報家門，除非不得已。例如〈紅線〉中的紅線女最初是薛嵩的一名青衣，僅知她善彈阮咸，又通經史，薛嵩亦不知她為「異人」。直至她為解救主公危難，夜探魏境，始逐步透露行跡。故事終了，才交代紅線前世因緣，今世報恩。〈蘭陵老人〉堪稱典型，他植杖曲江，掉臂而去，留給世人「非常人」的印象，但通篇對老人的出處均未著墨。

再者，大部分的原始劍俠，都是行蹤飄忽、動機不明，展現高度的獨立性。如〈義俠〉、〈秀州刺客〉，獨來獨往，沒有姓字。這當然與刺客身分有關，即使不扮演刺客，亦保有這種獨力行動特質，諸如：〈虬鬚叟〉、〈俠婦人〉、〈韋洵美〉。河街行步迅速、目光射人的虬鬚叟，偶遇劉損，便為之打抱不平，取回妻室寶貨，然後莫知所向。〈韋洵美〉中鐘夫隻身仗義救回韋洵美的寵妾素娥，篇中只言此人曾在寺打鐘三十年，最後也是不知所之。另外〈俠婦人〉更直陳「不知何許人」。原始劍俠行動的獨立性，伴隨的是功成之後隱遁，〈聶隱娘〉、〈崑崙奴〉、〈荊十三娘〉、〈扶餘國王〉、〈虬鬚叟〉、

〔註37〕同第一章註14，頁180～183。
〔註38〕范炯：《歷史的瘋狂》（台北：雲龍出版社，1994年）。
〔註39〕傅柯：《瘋癲與文明》（台北：桂冠圖書公司，1994年），頁65～67。

〈韋洵美〉、〈潘將軍〉行跡如此，即使擅於表現「劍術」技藝者亦是驚鴻一瞥，例如〈許寂〉、〈丁秀才〉。基於原始劍俠安全性和任務達成的妥善性，固然必須保留一定程度的行動自由，慎防行蹤洩露。但另一方面，亦可由紅線辭別的理由一窺端倪：

> 遁跡塵中，棲心物外，澄清一氣，生死長存。〔註40〕

「劍俠」與僧道的關係，恐怕亦是原因之一。

其三，由於神出鬼沒，身世成謎，屢屢當作「異人」，譬如京西店老人。此外，原始劍俠也會自稱「非世人」，如〈郭倫觀燈〉：

> 京師人郭倫，元夕攜家觀燈。歸差晚，過委巷，值惡少年十輩行歌而前，聯袂喧笑，睢盱窺伺，將遮侮之。倫度力不能勝，窘甚。忽有青衣角巾道人來，責眾曰：「彼家眷夜歸，若輩那得無禮！」眾怒曰：「我輩作戲，何預爾狂道事？」哄起攻之。婦女得乘間引去，倫獨留。道人勃然曰：「果欲肆狂暴耶？吾今治汝矣！」揮臂縱擊，如搏嬰兒。頃之，皆顛仆哀叫，相率而遁。道人徐徐行，倫追步拜謝曰：「與先生素昧平生，忽蒙救護，脫妻子于危難，先生異人乎？不勝感戴之私，念有以報德，敢問何所欲？」曰：「吾本無心，偶見不平事，義不容已。吾於世了亡所欲，豈望報哉？能一醉足矣。」倫喜，邀至家痛飲。辭去。倫曰：「先生何之？」曰：「吾乃劍俠，非世人也。」擲杯長揖，出門數步，耳中鏗然有聲，一劍躍出、叱之墜地。躡之騰空而去。〔註41〕

由本則故事可知，他們亦自覺與凡俗人並不相類。

（三）「劍術」玄妙

當然，異乎常人還在「劍術」之奇上。躡空飛越，凌雲仗劍，確實是奇異之至，由《劍俠傳》首卷輯錄的數篇並無明顯俠行俠義可稱，反而多與技藝有關可以證明。〈老人化猿〉、〈僧俠〉、〈京西店老人〉和〈蘭陵老人〉均神乎其技；〈扶餘國王〉、〈車中女子〉也具有神行術或飛天夜叉術。至於最受爭議的〈嘉興繩技〉，其囚援繩脫狴，勉強也與異乎尋常的特質有關。

綜觀龔鵬程《大俠》和林保淳〈唐代的劍俠與道教〉對唐代劍俠法術技

〔註40〕〈紅線〉，同第一章註39，頁42。
〔註41〕〈郭倫觀燈〉，同第一章註39，頁82。

藝（即本論文定義的「劍術」）的分析，〔註42〕可歸爲六大類：飛行術（包括「飛天夜叉術」）、神行術、飛劍術、用藥術、前知術（包括卜算術、望氣術）、幻術（包括隱身術、變形變化術）。

1、飛行術

飛行術，泛指騰空虛躡，飛簷走壁等特殊技藝，包涵類似輕功的「飛天夜叉術」。〔註43〕此最常爲原始劍俠使用，可謂基本技藝，〈車中女子〉、〈崑崙奴〉、〈僧俠〉、〈崔愼思〉、〈義俠〉、〈潘將軍〉、〈李龜壽〉、〈賈人妻〉、〈盜俠〉均有之。

> 深夜，悲惋之極。忽見一物如鳥飛下，覺至身，乃人也。以手撫士曰：「計甚驚怕。然某在，無慮也。」聽其聲，則向女子也。云：「共君出矣！」以絹重縛士人胸膊訖，以絹一頭繫女身。女人聳然飛出宮城，去門數十里乃下。〔註44〕

車中女子梁上疾行救人遠禍。基於救人動機的，還有〈崑崙奴〉：

> 磨勒請先爲姬負其囊橐粧奩，如此三復焉。然後曰：「恐遲明。」遂負生與姬而飛出峻垣十餘重。一品家之守禦，無有警者。〔註45〕

一旦行蹤洩露，虛空超越的飛天神術就更是保命之術：

> 姬隱崔生家二歲，因花時駕小車而遊曲江，爲一品家人潛誌認，遂白一品。一品異之。召崔生而詰之，事懼而不敢隱。遂細言端由，皆因奴磨勒負荷而去。……命甲士五十人，嚴持兵仗，圍崔生院，使擒磨勒。磨勒遂持七首飛出高垣，瞥若翅翎，疾同鷹隼。攢矢如雨，莫能中之。頃刻之間，不知所向。〔註46〕

另外，以刺客出場者，也常以此技示人。例如：〈李龜壽〉、〈義俠〉、〈賈人妻〉、〈崔愼思〉：

〔註42〕龔氏定爲飛天夜叉術、幻術、用藥、神行術、斷人首級、劍術。同第一章註2，頁139～159。林保淳〈唐代的劍俠與道教〉附錄曾列表分析，包括望氣、繩技、飛行術（飛天夜叉術）、劍術、用藥術、變化術、移物術、前知術、隱身術、神行術。同第一章註27，頁161～164。

〔註43〕關於「飛天夜叉術」，是指類似後世所謂輕功，一種單煉髻膜皮，可以猿掛鳥跂，捷若神鬼的法術技藝。名稱的來源見《酉陽雜俎》〈盜俠〉卷。同第一章註2，頁140～142。

〔註44〕〈車中女子〉，同第一章註39，頁25。

〔註45〕〈崑崙奴〉，同第一章註39，頁48。

〔註46〕〈崑崙奴〉，同第一章註39，頁49。

一日，將入齋，唯所愛卑腳犬花鵲相從。既啓扉，而犬連吠。銜公
衣、卻行；叱之，不解。既入，花鵲仰視，鳴噪亦急。公疑之，乃
於匣中拔千金劍，按于膝上，仰空祝曰……言訖，欻有一物，自梁
而墮地，乃人也。〔註47〕

尉歇定，乃言此宰負恩之狀。言訖，吁噓，僕人亦泣下。忽見一人
從牀下持匕首出立，尉眾悉驚倒。其人曰：「我義士也。宰使我來取
君首。適聞說，方知此宰負恩，不枉殺義士也。不捨此人矣。公且
勿睡，當取宰頭，以雪其冤。」尉心懼，媿謝而已。其人捧劍出門
如飛，二更已返，呼曰：「賊首至矣！」命火觀之，乃宰頭也。揖別，
不知所之。〔註48〕

爲了暗殺須循壁飛騰，掩護自身。以復仇爲志，更要迅雷不及掩耳，才能躲
避追殺：

時夜，崔寢，及閉戶垂帷。而巳半夜，忽失其婦。崔驚之，意其有
姦，頗發忿怒，遂起，堂前彷徨而行。時月朧明，忽見其婦自屋而
下，以白練纏身，其右手持匕首，左手攜人頭。……言訖而別，遂
踰墻越舍而去。……〔註49〕

凡與立居二載，忽一日夜歸，意態徬徨，謂立曰：「妾有冤仇，痛纏
肌骨，爲日深矣。伺便復讎，今乃得志，便須離京。」……言訖，
收淚而別。立不可留止，視其所攜囊，乃人首耳。……遂挈囊踰垣
而去，身如飛鳥。立開門出送，則已不及矣。〔註50〕

飛行術在比試和盜物時亦派上用場，〈盜俠〉中韋氏與飛飛對藝，飛飛出此絕
技。〈潘將軍〉中三鬟女子高塔攜珠而下，憑藉的也是此：

引韋入一堂中，乃反鎖之。堂中四隅，明燈而俟。飛飛當堂，執一
短鞭。韋引彈，意必中，丸已敲落，不覺躍在梁上，循壁虛躡，捷
若猱玃。彈丸盡，不復中，韋乃運劍逐之。飛飛倏忽逗閃，去韋身
不尺，韋斷鞭數節，竟不能傷。〔註51〕

〔註47〕　〈李龜壽〉，同第一章註39，頁57。
〔註48〕　〈義俠〉，同第一章註39，頁71～72。
〔註49〕　〈崔慎思〉，《太平廣記》卷一九四，同第一章註69，頁1456。
〔註50〕　〈賈人妻〉，同第一章註39，頁60。
〔註51〕　〈僧俠〉，同第一章註39，頁28。

> 語訖而走，疾若飛鳥。忽於相輪上舉手示超，欻然攜念珠而下。〔註 52〕

原始劍俠飛身踰垣，倏忽逗閃，或可視爲一般技術的鍛鍊成果，但是勢若鷹隼、疾行如飛，尚且還能毫髮未傷，就非一般武藝所可企及，此與道教方術至關密切，應視作一種道教法術觀念在文學上的發揮。

俠與道教的關係前人多所論及，〔註 53〕魯迅《中國小說史略》嘗道：

> 中國本信巫，秦漢以來，神仙之說盛行，漢末又大暢巫風，而鬼道愈熾；會小乘佛教亦入中土，漸見流傳。凡此，皆張皇鬼神，稱道靈異，故自晉訖隋，特多鬼神志怪之書。其書有出于文人者，有出于教徒者。文人之作，雖非如釋道二家，意在自神其教，然亦非有意爲小說，蓋當時以爲幽明雖殊塗，而人鬼乃皆實有，故其敘述異事，與記載人間常事，自視固無誠妄之別矣。〔註 54〕

干寶自序撰《搜神記》「發明神道之不誣」，〔註 55〕厥爲代表。唐人作意好奇，始有意爲小說，傳奇之源蓋出於志怪，只是施之藻繪，闊其波瀾，雖有文學創造成分，然玄妙「劍術」，卻象徵「聖凡兩界複合滲透」的宗教情懷在文學作品的映現，不可完全視爲文學象徵的產物。〔註 56〕根據前文，六朝鏡劍傳說對「劍俠小說」有影響，既然鏡劍傳說與道教思想有關連，因此「劍俠小說」也必然留有道教思想的影響痕跡。另一方面，「劍俠小說」的作者不乏道

〔註 52〕〈車中女子〉，同第一章註 39，頁 54。

〔註 53〕崔奉源〈俠義小說所受宗教的影響〉，龔鵬程《大俠》第七章第三節〈唐代的劍俠〉，同第一章註 15，頁 146～147，及同第一章註 2，頁 154，頁 159。徐斯年第一章〈原俠及其精神〉和第四章〈飛劍、法術、精怪、道流、釋氏、胡風〉，同第一章註 67，頁 53～57。又有關俠與道教的關連，可參考林保淳二篇論文。

〔註 54〕同第一章註 33，頁 35。

〔註 55〕干寶：〈搜神記序〉，《搜神記》（台北：木鐸出版社，1985 年），頁 2。

〔註 56〕劇作家（或小說家）在處理傳說故事或人間事實，而遇到常識經驗理解的現象，或情節發展，無法朝向預期結局時，便會假借鬼神信仰作爲困境的突破；這種假借可以是伴隨著「兩界複合滲透」的認識而來的留用伎倆，也是作家互相抄襲沿承的傳統格套。張火慶：〈從《元曲選》四本雜劇論所謂「愛情神劇」〉，《鵝湖》第一五二期，1988 年），頁 23。如〈虬髯客〉作者杜光庭曾任天台山道士，隱居青城白雲溪；李豐楙認爲，他編輯《道藏》卷八《神仙感遇傳》將此篇收錄進去，具有肯定道教傳統預知世局的特殊能力。傳中一再強調「眞人」、「眞天子」，所使用的「眞」字，實源於「眞君」之「眞」；此爲道家道教關鍵字，原始於僊眞的神仙意義。見李豐楙：《六朝隋唐仙道類小說研究》（台灣：台灣學生書局，1986 年 4 月），頁 331～332。

士身分，撰寫過程難免有意無意之間反映出，如徐斯年和崔奉源舉杜光庭、裴鉶爲例。〔註57〕林保淳進一步指出，唐代劍俠形象塑造與神仙道教關係更加密切。依胡孚琛《魏晉神仙道教 ── 抱朴子內篇研究》，魏晉神仙道教都堅信神仙實有、仙人可學、長生能致、方術有效，因而以長生修仙爲教旨。他枚舉道教神仙法術，計有隱形變化術、符圖和印章、咒語、氣禁、分形之道、照妖鏡、占問吉凶安危之術、奇門遁甲、祈禱和禁忌、禹步、不寒不熱之道、不畏風濕之術、乘蹻、行水潛水法等。〔註58〕既然作者出身（神仙）道教，而神仙道教又視法術有效，因此在這種觀念之下，便反映出「聖凡兩界複合滲透」的宗教情懷，所以小說中的法術恐怕實有的成分不低。

此外，「劍術」中的飛行術，實與神仙道教的乘蹻術型態相似，許多篇章更直接提及道教法術名稱：

> 此術實得六七，方謝曰：「某師，仙也。令某等十人，索天下妄傳黃白者殊之；至添金縮錫，傳者亦死。某久得乘蹻之道者。」因拱揖唐，忽失所在。〔註59〕

> 及旦，一品家方覺。又見犬已斃。一品大駭曰：「我家門垣，從來邃密，扃鐍甚嚴。勢似飛蹻，寂無形跡，此必是一大俠矣。無更聲聞，徒爲患禍耳。」〔註60〕

> 杜光庭自京入蜀，宿於梓橦廳，一僧後至。縣宰周樂與之有舊，乃云：「今日自興元來。」杜異之，明日僧去。宰曰：「此僧乃鹿蘆蹻。」亦俠之流也。〔註61〕

乘蹻爲神仙飛遁之術，可以高下任意，一日千里。所謂「鹿蘆蹻」正是道教方術之名。葛洪《抱朴子》內篇卷十五〈雜應〉：

〔註57〕 崔奉源認爲〈虬髯客傳〉（〈扶餘國王〉）作者杜光庭本是道士，《傳奇》作者裴鉶也精於道家之學，因此作者或多或少與道教有關。同第一章註15，頁238。並可參考徐斯年《俠的蹤跡──中國武俠小說史論》再論唐代小說亦有相似的看法。同第一章註67，頁52～53。又《虬髯客傳》作者有兩說，本文採汪辟疆的看法，題杜光庭撰。汪辟疆：《唐人傳奇小說》（台北：文史哲出版社，1988年），頁181。

〔註58〕 胡孚琛：《魏晉神仙道教──抱朴子內篇研究》（台北：台灣商務印書館，1995年）頁192～215。

〔註59〕 〈盧生〉，同第一章註39，頁32～33。

〔註60〕 〈崑崙奴〉，同第一章註39，頁48～49。

〔註61〕 〈許寂〉，同第一章註39，頁50～51。

若能乘蹻者，可以周流天下，不拘山河。凡乘蹻道有三法：一曰龍蹻、二曰虎蹻、三曰鹿盧蹻。〔註62〕

葛洪在內篇卷四〈金丹〉篇中屢次提及可借服食丹砂飛行輕舉，出入無向。例如：九鼎神丹第九「寒丹」，服之可為百日仙「飛行輕舉，不用羽翼」；又如《小餌黃金法》「鍊金內清酒中，……。成，服之如彈丸一枚，亦可一丸分為小丸。服之三十日，無寒溫，……銀亦可餌之，與金同法。服此二物，能居名山石室中者，一年即輕舉矣。」〔註63〕

2、神行術

其行若飛，欻然遠逝，是另一方伎，虯髯客，紅線女、〈田膨郎〉中的小僕、李龜壽妻、丁秀才、李勝、義俠皆日行千里。如〈紅線〉：

梳烏蠻髻，插金鳳釵，衣紫繡短袍，著青絲輕履，胸前掛龍紋匕首，額上書太乙神名。再拜而行，倏忽不見。……出魏城西門，將行二百里，見銅臺高揭，漳水東流，晨鐘動野，斜月在林。……夜漏三時，往返七百里。〔註64〕

「太乙」神名顯然與道教思想有關。〔註65〕神行術不使用在打鬥方面，本身無危險怖性質，常為炫技之用，譬如丁秀才和李勝。

3、前知術

提到此術有〈聶隱娘〉劉昌裔的卜算術，〈扶餘國王〉道士的望氣術和〈蘭陵老人〉中觀骨相。未卜先知、測度時勢的法術，同樣可見於《抱朴子》。〈金丹〉篇提到《太清經》有所謂九光丹能使人「及坐見千里之外，吉凶皆知，如在目前也。人生宿命，盛衰壽夭，富貴貧賤，皆知之也。」又說《玉柱丹法》，以華池和丹，以曾青、硫黃末覆之薦之，內筒中，沙中蒸之五十日。服之白日可知天下之事。〔註66〕

〔註62〕葛洪著，李中華註譯：《新譯抱朴子》（上）（台北：三民書局，1996年），頁387。此處徵引《抱朴子》是採取三民書局點校版，未著錄《正統道藏》刻印版，意在註明引用的版本及標點的依據之故。

〔註63〕同前註，頁98，頁124。

〔註64〕〈紅線〉，同第一章註39，頁40～41。

〔註65〕太乙為道教神名，又稱太一、泰一。《史記‧封禪書》說：「中宮天極星、其一明者，太乙常居也。」漢武帝時在長安東南郊建太一壇，禮祀太一天帝。道教吸收其信仰，尊為天皇太乙，加以奉祀。李剛、黃海德：《中華道教寶典》（台北：中華道統出版社，1995年），頁95。

〔註66〕同註62，頁104，頁109。

葛洪雖認爲「神仙可學可致」，亦提出「仙人有種」：

命之脩短，實由所值。受氣結胎，各有星宿。天道無爲，任物自然。無親無疎，無彼無此也。命屬生星，則其人必好仙道。好仙道者，求之亦必得也。命屬死星，則其人亦不信仙道。不信仙道，則亦不自修其事也。所樂善否，判於所稟。〔註67〕

按仙經以爲諸得仙者，皆其受命偶值神仙之氣，自然所稟。故胞胎之中已含信道之性，及其有識，則心好其事，必遭明師而得其法。不然，則不信不求，求亦不得也。〔註68〕

歸諸宿命的「仙種」說，彌漫道教天命觀的宿命論調，與早期劍俠，經由「望氣」、「觀相」便可察度一個人隸屬凡胎或可超凡入聖，甚至位列仙品的觀念相同。〔註69〕

4、幻　術

幻術主要有隱身、變形、變化之術，也就是《抱朴子》所謂「隱淪之道」與「變化之術」：〔註70〕

或可爲小兒，或可爲老翁。或可爲鳥，或可爲獸。或可爲草，或可爲木，或可爲六畜。或依木成木，或依石成石，依水成水，依火成火。此所謂移形易貌，不能都隱者也。〔註71〕

其變化之術，大者唯有《墨子五行記》……其法用藥用符，乃能令人飛行上下，隱淪無方。含笑即爲婦人，蹙面即爲老翁，踞地即爲小兒，執杖即成林木，動物即生瓜果可食。畫地爲河，撮壤成山，坐致行廚，興雲比火，無所不作也。其次有《玉女隱微》一卷，亦化形爲飛禽走獸，及金木玉石。興雲致雨方百里，雪亦如之，渡大水不用舟梁。分形爲千人。因風高飛，出入無間。能吐氣七色，坐

〔註67〕同註62，頁175～176。

〔註68〕同註62，頁305。

〔註69〕虬髯客故事的政治意圖亦是左右情節發展的另一因素，因不涉及討論範圍，故不列入。

〔註70〕《抱朴子》中關於隱形變化之術的記載尚可參考〈對俗〉、〈金丹〉二篇中提到變易容貌，日中無影的法術及可服食的丹藥。同註62，頁58，頁74，頁104，頁110。又《神仙傳》載淮南王八公能使人化成一叢林木，亦能使成鳥獸，即屬此類。宋・張君房：《雲笈七籤》（北京：書目文獻，1992年），頁784。

〔註71〕同註62，頁376～377。

見八極，及地下之物。放光萬丈，冥室自明，亦大術也。〔註72〕

前者是一種隱形易貌，依物變化之道，〈聶隱娘〉能夠於白晝刺人於都市中，而人莫見之應屬於此術；另外〈虬鬚叟〉化形於呂用家的斗拱之上，也是一種援物變換的隱形大法。至於〈遐覽〉篇《墨子五行記》中的變化術，除移形變貌之術，尚可無中生有，興雲起霧。《玉女隱微》中的方伎可以異類變化、分身數人，〈聶隱娘〉空空兒、精精兒和聶隱娘能化身蠛蠓、紅白二幡，以及黑白紙衛，都與此異曲同工。

5、飛劍術

結合上述飛行術、變化術，更添神祕色彩，〈聶隱娘〉、〈京西店老人〉、〈蘭陵老人〉、〈許寂〉等篇大力鋪寫飛劍術，允為代表：

> 是夜明燭，半宵之後，果有二幡子一紅一白，飄飄然如相擊于牀四隅。良久，見一人自空而踣，身首異處。……隱娘曰：「後夜當使妙手空空兒繼至。空空兒之神術，人莫能窺其用，鬼莫得躡其蹤。……但以于闐玉周其頸，擁以衾，隱娘當化為蠛蠓，潛入僕射腸中聽伺，其餘無逃避處。」劉如言，至三更，瞑目未熟，果聞項上鏗然，聲甚厲。隱娘自劉口中躍出，賀曰：「僕射無患矣。此人如俊鶻，一搏不中，即翩然遠逝，恥其不中耳。纔未逾一更，已千里矣。」後視其玉，果有匕首劃處，瘢逾數分。〔註73〕

> 良久，紫衣朱囊，盛長劍七口，舞於中庭。迭躍揮霍，㨭光電激，或橫若掣帛，旋若燒火。有短劍二尺餘，時時及黎之鬢。黎叩頭不已。〔註74〕

> 已而談劍術。俄自臂間推出二物，展而喝之，即二口劍躍起，在寂頭上盤旋交擊。……〔註75〕

詭譎奇異的飛劍之術，若與幻術並用，益可烘托原始劍俠獨有的神祕氛圍。〈京西店老人〉即是一例：

> 因行數十里，天黑，有人起草中尾之。韋叱不應，連發矢，中之，復不退。矢盡，韋懼，奔焉。有頃，風雷總至。……勢漸逼樹杪，

〔註72〕同註62，頁485～486。
〔註73〕〈聶隱娘〉，同第一章註39，頁36～37。
〔註74〕〈蘭陵老人〉，同第一章註39，頁30～31。
〔註75〕〈許寂〉，同第一章註39，頁50。

覺物紛紛墮其前。韋視之，乃木札也。〔註76〕

飛劍之術登峰造極，即演變出「劍丸」，〈聶隱娘〉、〈盜俠〉、〈潘扆〉均有此。聶隱娘開腦藏劍丸最是絕倫，可說是高超「劍術」。

6、用藥術

最後要討論用藥之法。〈聶隱娘〉為「劍術」集大成之作，其中不乏用藥術。她使用「化骨水」將精精兒毀屍滅跡正屬之。相關篇章還有〈花月新聞〉和〈任愿〉。任愿提到他能「用藥點鐵成金」與前述《墨子五行術》和《玉女隱微》提到的「變化之術」相近；而青巾者贈藥時囑付「服之，百鬼不近」的法術，藥效亦可和《抱朴子》〈金丹〉的「九鼎神丹」互見：

> 第四之丹名曰還丹，服一刀圭，百日仙也。……以此丹書凡人目上，百鬼走避。……第八之丹名伏丹，服之即日仙也。以此丹如棗核許持之，百鬼避之。〔註77〕

總之，玄妙的「劍術」確實是「劍俠」特質之一。另一方面，「劍術」與道教方術密切相關。是故道教法術是原始劍俠劍術玄妙特質，同時屬於「劍俠」人物的行為特徵，行為特徵又屬於人物形象塑造，所以劍術的玄妙特質是形象塑造一部分，而道教法術是「劍俠」形象塑造原因之一。

（四）復仇決絕

第一章曾論及「報」的觀念具有個別性，而所謂的「快意恩仇」是指原始劍俠仍以意氣發舒為主。恩仇必報並非真正合乎理性的交換原則。因此與其認為俠士行止是建立在「報」的基準上，不如說包括「報」在內的暴力行動，乃是一種非理性的情緒（rotional passions）。〔註78〕早期劍俠的還報觀，分兩部分而言，一種報恩多是主僕關係，例如〈紅線〉、〈崑崙奴〉。此類型並不著力描寫行俠動機，反而重展示「劍術」和神祕化，至於像聶隱娘因折服神算術，而還報劉昌裔，尤其難見彼此間存在任何恩義的連繫。諸篇共同點只在強調原始劍俠技藝。因此，早期劍俠還報觀以復仇形式較引人著目，共計有〈崔慎思〉、〈賈人妻〉。二篇內容均敘述為夫復仇。隱姓埋名，改嫁生子，伺機行刺，然後殺子別夫，遠遁他方。

復讎的觀念，可以溯自周代，如《周禮》〈地官調人〉及《禮記》〈曲禮・

〔註76〕〈京西店老人〉，同第一章註39，頁29。
〔註77〕同註62，頁97。
〔註78〕同第一章註2，頁176。

上〉：

> 父之讎，辟諸海外；兄弟之讎，辟諸千里之外；從父兄弟之讎，不
> 同國；君之讎眠父；師長之讎眠兄弟；主友之讎眠從父兄弟。〔註79〕
>
> 父之讎，弗與共戴天；兄弟之讎，不反兵；交遊之讎，不同國。
> 〔註80〕

中國古代復仇制度至遲形成於東周時期，當時以「親親尊尊」原則爲復仇制度的倫理核心和出發點。因此復仇建立在「孝道」倫理規範之上，爲父、兄、親人、外親復仇是義舉，原則上受國家法律的保護和支持。後來進入春秋戰國之際，隨國家法律確立與強化王權和國家制衡機構的考量，逐漸把有意識的復仇納入法律規範，商鞅變法明令禁私鬥就是開始。〔註81〕

最初復仇尚未被視爲非法而加以拘束時，對復仇的範圍也並非無限制，由《周禮》、《禮記》引文可知。親尊原則大體是儒家道德思想的引申，因此除上述對私仇的許可，另一個重要的觀念，即是所謂的「大復讎」，見《春秋公羊傳》卷六〈莊公四年〉：

> 夏，……紀侯大去其國。大去者何？滅也。孰滅之？齊滅之。曷爲
> 不言齊滅之，爲襄公諱也。春秋爲賢者諱，何賢乎襄公？復讎也。
> 何讎爾？遠祖也。哀公亨乎周，紀侯譖之，以襄公之爲於此焉者。
> 事祖禰之心盡矣。盡者何？襄公將復讎乎紀。卜之曰：師喪分焉，
> 寡人死之，不爲不吉也。遠祖者，幾世乎？九世矣。九世猶可以復
> 讎乎？雖百世可也。家亦可乎?曰：不可。國何以可？國君一體也。
> 先君之恥，猶今君之恥也。今君之恥，猶先君之恥也。國君何以爲
> 一體?國君以國爲體，諸侯世，故國君爲一體也。〔註82〕

牟宗三《歷史哲學》指出：「齊襄公九世復仇，公羊傳善之。且謂雖百世亦可。

〔註79〕《周禮》〈地官調人〉，清・阮元校勘：《十三經注疏》《周禮注疏》卷十四（台北：大化圖書公司，1982年），頁732。

〔註80〕《禮記》〈曲禮・上〉，禮記正義》卷三，同前註，頁1250。又《十三經注疏》孔穎達正義疏「父是子之天，彼殺己父，是殺己之天。故必報殺之，不可與共處於天下也。……兄弟謂親兄弟也，有兄弟之讎，乃得仕而報之，不反兵者，謂帶兵自隨也。若行逢讎，身不帶兵，方反家取之，比來，則讎已逃辟，終不可得，故恆帶兵，見即殺之也。……父母存，不許友以死，則知父母沒，得爲朋友報也。此云不同國者，謂不共五等一國之中也」同註79，頁1250。

〔註81〕周天游：《古代復仇面面觀》（陝西：陝西人民教育出版社，1992年）。

〔註82〕《春秋公羊傳》〈莊公四年〉，《春秋公羊傳注疏》卷六，同註79，頁2226。

又謂國可，家不可。諸侯國，大夫家。是則大夫及庶民，復仇不過五世，據服而斷。此依親親之殺立。國之復仇雖百世亦可，則依尊尊之等立。蓋君國一體也。國君以國為體。諸侯世，故國君一體。」〔註83〕依五倫，君臣倫是父子倫的引申，因此復仇的範圍也由此擴大，後來因朋友倫是兄弟倫的延申，也有為朋友復仇者。此外，韓愈亦曾作過〈復讎狀〉：

> 右伏奉今月五日敕，復讎，據《禮》經，則義不同天；徵法令，
> 則殺人者死，禮法二事，皆王教之端。有此異同，必資論辯。宜
> 令都省集議聞奏者，朝議郎行尚書職方員外郎上騎都尉韓愈議
> 曰：「伏以子復父讎，見於《春秋》，見於《禮記》，又見《周官》，
> 又見諸子、史，不可勝數，未有非而罪之者也。最宜詳於律，而
> 律無其條，非闕文也。蓋以為不許復讎，則傷孝子之心，而乖先
> 王之訓；許復讎，則人將倚法專殺，無以禁止其端矣。夫律雖本
> 於聖人，然執而行之者，有司也，經之所明者，制有司者也，丁
> 寧其義為經，而深沒其文於律者，其意將使法吏依斷於法。而經
> 術之士，得引經而議也。《周官》曰：「凡殺人而義者，令勿讎。
> 讎之則死。」義，宜也。明殺人而不得其宜者，子得復讎也，此
> 百姓之相讎者也。《公羊傳》曰：「父不受誅，子復讎可也。」不
> 受誅者，罪不當誅也。誅者，上施於下之辭，非百姓之相殺者也。
> 又《周官》曰：「凡報仇讎者，書於士，殺之無罪。」言將復讎，
> 必先言於官，則無罪也。今陛下垂意典章，思立定制，惜有司之
> 守，憐孝子之心，示不自專，訪議群下。臣愚以為復讎之名雖同，
> 而其事各異。或百姓相讎，如《周官》所稱，可議於今者；或為
> 官所誅，如《公羊》所稱，不可行於今者。又《周官》所稱，將
> 復讎，先告於士則無罪者。若孤稚羸弱，抱微志而伺敵人之便，
> 恐不能自言於官。未可以為斷於今也。〔註84〕

這種儒家式的復仇，與俠士為人借軀報仇、不擇對象的方式迥異。即使「劍俠」依此原則復仇，處理方式亦不同於儒家，甚至與其他俠士大異其趣。崔慎思妻報仇雪恨之餘，尚且拋夫殺兒，決絕的態度似意欲斬斷一切人世的牽

〔註83〕牟宗三：《歷史哲學》（台北：台灣學生書局，1988年），頁35。
〔註84〕唐・韓愈：《韓昌黎文集》第八卷，《韓昌黎集》（台北：河洛圖書公司，1975年），頁342～343。

絆，這種視情愛為毒瘤的作法，實際上必須從佛道教思想中尋找根源。〔註85〕

　　唐代多次佛道論爭，迫使道士兼習佛學，因此產生佛道匯通的現象，這種「重玄」之風的影響，出現許多佛教化的道教思想，〔註86〕司馬承禎的〈坐忘論〉即是一例：

> 愛見思慮，是心荊棘，若不除翦，定慧不生。〔註87〕

> 斷緣者，謂斷有為俗事之緣也。……舊緣漸斷，新緣莫結。醴交勢合，自致日疏，無事安閑，方可修道。故莊子云：「不將不迎」。為無交俗之情故也。……若事有不可廢者，不得已而行之，勿遂生愛繫心為業。〔註88〕

唐・薛用弱〈賈人妻〉為女俠揮劍斷情開其端，本篇出自《集異記》，王世貞《劍俠傳》收編其中。相同情節又見於〈崔慎思〉及〈齊無咎〉。〔註89〕系列故事隱含相同程式：「神秘女俠登場──復仇殺人──殺子截首──遠颺而逝」；其中，「殺子截首」最駭人聽聞。王夢鷗主張韓愈〈復讎狀〉引公羊傳之說，「此一刺客變為義俠之一時論根據」。他認為由於士眾樂道時事，進而演繹元和三年宰相武元衡長安通衢遇刺，亡其頭顱一事，終至於「益神其說」；〔註90〕所以此事由職業兇手轉變成豪俠行為。然而，道教學者曾慥輯錄《類說》將之與神怪、仙道並列，恐怕並非著眼於賈人妻復仇的刺客身分。〔註91〕何況，女俠或許有誅殺仇人的理由，但既逾垣遠遁，大可不必折而復返，甚

〔註85〕相同的看法可參酌《大俠》，同第一章註2，頁159。及〈唐代的劍俠與道教〉，同第一章註27，頁152～153。

〔註86〕所謂「重玄」一語，出現於魏晉南北朝的道書佛籍中。道教重玄家在《莊子》「無無」、「忘心」說的基礎上，吸收佛破除妄執義，釋「玄」為遣除「滯著」義（顯然為佛教「執著」一語的改頭換面），謂前「玄」遣有、無的執著，後「玄」進遣「不滯之滯」，凡兩重遣滯，故名「重玄」。任繼愈：《中國道教史》（台北：桂冠圖書股份有限公司，1991年），頁271～287。

〔註87〕〈收心〉，《全唐文》（北京：中華書局，1987年）卷九二四，頁9627。

〔註88〕〈斷緣〉，同前註，卷九二四，頁9626。

〔註89〕前者唐代皇甫氏《原化記》，「豪俠類」，同第一章註69，頁1456。後者曾衍東：《小豆棚》（山東：齊魯書社，2004年1月）。

〔註90〕王夢鷗：《唐人小說校釋》（台北：正中出版社，1983年2月）上冊，頁265～266。

〔註91〕依王夢鷗考證，「曾慥《類說》卷七亦錄其遺文，頗載仙道、神怪、義俠之事」。同前註，頁266。曾慥為北宋末、南宋初道教學者。晚年隱居銀峰，潛心至道，主張清靜學道，以內觀為本。《類說》為曾氏摘錄漢代以來筆記小說二百五十二種，編為六十卷。同註65，頁154。

至斷取親生稚子頭顱。這種激烈手殺，顯然不等同遇刺一事。

　　若比較崔蠡〈義激〉和〈齊無咎〉，可知僅將其視爲復仇之說，無法合理解釋殺子行爲。《全唐文》卷 718〈義激〉有一段殺子告白：

> 「（執其子曰）爾漸長，人心漸賤爾曰：『爾母殺人，其子必無狀。』既生之，使其賤之，非勇也，不如殺而絕。」遂殺其子而謝其夫。
> 〔註 92〕

此篇明白道出殺子主要考量在於不忍其子被人賤侮。換言之，本篇既無「身首異處」的嗜血，也非突兀的決定，並不像賈人妻絕情。李商隱稱崔蠡本爲「蠻卻舊族，鄒魯名儒」，開成四年復掌禮闈之事，亦甚光明磊落。〔註 93〕由於儒者觀「俠」本有將其理性化的傾向，因此，兩者差距之大，應該不能如王夢鷗僅以一事的「不同筆法之描述」觀之。至於〈齊無咎〉略異處在於加入「一日，婦牆外有腰斬一屍，無上段」的伏筆，而且一再透過「延宕」策略增加懸疑氛圍。綜上所言，崔蠡〈義激〉與〈齊無咎〉皆可視爲對原俠氣質一種修正模式，雖使情節合理化，卻喪失類型小說的奇幻性質，也可能轉變了敘事文本原本意欲傳達的文化意義。

　　李唐建國遵奉太上老君，伴隨羊角山政治神話，道教逐步走上國教化。上至天子，下至庶民，悉數籠罩在道教氛圍之中；中唐以後，更因楊太眞之故，造成宮廷女性出家的風氣。〔註 94〕理查德・霍加特主張，視文學作品爲一個獨立自足「連貫一致的世界」，是一種有局限性和錯誤的看法。他認爲一部藝術作品，無論它如何拒絕或忽視其社會，但總是深深地根植於社會之中的。它有其大量的文化意義。〔註 95〕我們雖不能直謂情節爲某種思想的直接反射、變型，但仍可由整體時空環境說明兩者思想貫通性。

　　《元曲選》度脫劇屬於道教文學，應是此宗教觀念滲透文學作品的明顯證據。《邯鄲道省悟黃粱夢》一開始漢鍾離即點化呂洞賓「神仙的快樂，與俗人不同」，呂岩「俗緣不斷」始終未悟，於是漢鍾離藉黃粱一夢濟度他，亦有殺妻未果的情節，最後的試煉還包括了漢鍾離摔死兩孩兒。《呂洞賓三度城南

〔註 92〕同註 90，附錄，頁 269〜270。

〔註 93〕同註 90，頁 269。

〔註 94〕胡孚琛：《道教與仙學》（香港：新華出版社，1991 年 12 月），頁 66〜71，頁 77。

〔註 95〕理查德・霍加特：〈當代文學研究：文學與社會研究的一種途徑〉，《當代西方藝術文化學》，同註 34，頁 37。

柳》、《呂洞賓三醉岳陽樓》也出現殺妻。〔註96〕後者點化郭馬兒,也以殺妻象徵掙脫塵寰,這些都與「劍俠」殺子有相似之處。

至於明清神魔小說「仙眞下試」情節,也呈現相同的思想痕跡,諸如《綠野仙蹤》、《飛劍記》第二回、《東遊記》第十回、第二十四回、《韓湘子全傳》第八回、《咒棗記》薩眞人修行故事、《鐵樹記》許道人試眾弟子、《北遊記》眞武修行故事等等。〔註97〕「神仙設試」亦與道教神仙故事雷同。《道藏》神仙傳記故事總視修道者內心的塵世慾望是成仙之患,故神仙每每施以各種考驗與磨難,促其「離欲歸眞」。《神仙傳》「薊子訓」和《化胡經》試尹喜出現了類似殺子的情節。〔註98〕因為凡俗修道大患在滌除塵緣,全眞七子之一譚處端〈述懷〉詩即強調「去欲制情」,明確指出「斷情」的必要性,而所斷不僅恩愛之情,而是棄絕「人情」,「寂寞孤淡任殘年」。

李豐楙認為唐代謫仙小說在原有的「謫降——受難——回歸」的結構中,敘述重點大都集中於受難、考驗的歷程,因而極力鋪排謫仙與世間男女的結合,再以道教的絕情、斷念說,來彌縫謫仙必須歸返的必然結局。這種了結情緣反映民間社會通俗化宿命觀,應是融合中國天命主流,還吸收佛教業緣說。〔註99〕道教視謫凡是一種懲罰,涉及了道教中人深化對人世間為臭惡、污穢本質的看法。因此一旦謫降混濁的人間世,就須償其罪過、或承受試煉,完成其贖罪行為,重登仙班的清靜世界。道教對人間本質作宗教式描述,自上清經派,始見有突顯不潔、污穢的傾向。所使用字眼仍為傳統所有,但經組合成詞已賦予一層深意,例如「濁世」、「臭濁」、「穢濁」、「塵濁」,而對世俗之人則稱「肉人」、「五濁之人」、「下土濁民」、「淫濁之尸」。〔註100〕「上清派」在唐代地位最高,道士必以得之為榮,也只有得此錄才能居於道教上層;

〔註96〕臧懋循編:《元曲選》(台北:中華書局,1965年),頁777～792。頁1187～1199。頁614～631。《岳陽樓》即《呂洞賓三醉岳陽樓》。

〔註97〕李豐楙稱《鐵樹記》、《飛劍記》)、《咒棗記》為晚明・鄧志謨完成的三部「道教小說」,分別以三位道教史上重要仙眞為主角,據舊有材料拼合改編而成。見氏著:《許遜與薩守堅——鄧志謨道教小說研究》(台北:台灣學生書局,1997年),頁287。

〔註98〕同第一章註69,頁71～76。

〔註99〕李豐楙:《誤入與謫降:六朝隋唐道教文學論集》(台北:台灣學生書局,1987年),頁13～20,頁257～260。

〔註100〕同前註,頁253。又《三洞群仙錄》引《眞誥》卷九第十四,萼綠華女仙降於羊權家自云「我本九嶷山得道神仙羅郁是也,已罪謫暫降混濁之世,以償其過」。《正統道藏》(台北:藝文印書館,1962年),第五十八卷。

所以，〈賈人妻〉就在此宗教背景下應運而生了。

由此可知，女俠視情愛爲毒瘤，必以殺子行爲斬斷塵緣，應該是體現道教視人世臭濁的看法。女俠須以斷情超離宿緣，乃是因爲「情」是人間最難破除的牽絆，骨肉親情更是人之初生即有的業緣。儒家文化圈立基於五倫開展的社會體系，這種以父子倫爲第一序的社會，親子關係顯然是人間世的網絡核心。作爲本土性宗教的道教，既以捨離凡俗爲要，斷斷親子聯繫，就象徵著與人世根本羈絆斷裂。就道教內丹修煉而言，主要爲「返本還元」，透過築基入手功夫，經由「煉精化炁──煉炁化神──煉神還虛」三階段丹法，成其「帶肉大覺金仙」，然後「形神俱妙、與道合一」。質言之，可說是選擇一條朝向「逆煉成仙」，超越「順生成人」之路。〔註101〕

既然道教人生哲學視愛慾爲孽，必去此業障，親（母）子關係正好是人間恩情最根本的連繫，斬絕此緣即象徵斷棄一切塵俗愛戀，也終結煩惱根源。因此〈崔慎思〉、〈賈人妻〉的故事顯然受此觀念的影響，可以說是道教思想與佛教匯通後的觀念反映在「劍俠」人物形塑的一個例證。類似的情節安排亦可對照唐人小說中的〈杜子春〉。

綜上所述，由「劍術」的異樣風采與道教方術相仿，早期劍俠復仇的決斷態度，和最後歸宿的超然物外等，都與道教人生哲學相應，故小說母題均與道教文化相涉，加上小說作者及人物的身分也與道教有關，因此可證道教文化對「劍俠」人物塑造之重要性。

第三節 「劍俠」中的女俠

一、女俠形象

本節欲考察的對象是「劍俠」中的女性俠客，因爲「女俠」與「俠女」是不同的，前者重在「俠」，而後者重在「女」，也就是說，前者是較狹義的

〔註101〕它的基本功夫稱爲「取坎塡離」，丹家以離、坎二卦以喻男女，認爲後天坎離是由先天乾、坤二掛中間的陰陽二爻互換位置造成的。丹功修煉要求將坎卦中陽爻抽回，再塡回離卦陰爻位置上，使其回復先天乾卦的純陽之體。因爲男子以精爲基，女子以血爲本；男子入手要先補精，進而行小周天還精補腦；女子先要補血煉形，返童女之身，煉血化炁，使乳房縮如男子，月經自絕（斬赤龍）。胡孚琛：〈清靜派內丹修煉程序〉，同註94，頁154～169。

女性俠者，後者則是廣義的俠義女子，只要行為具有「俠義精神」即稱之。〔註102〕探討劍俠型女俠之前，必先對女俠形象作一大致介紹。

據《二十四史俠客資料匯編》，其中沒有女性俠客，可見「女俠」大致來自於文學的創造。〔註103〕依林保淳〈中國古典小說中的「女俠」形象〉一文，小說中女俠始受重視，唐傳奇是關鍵，此時女性俠客大抵皆具「中性」特質，與男俠區別不大。宋元明之間的「俠女」，由於受《劍俠傳》神奇怪異、《女俠傳》道德制約及〈情俠〉感情拓展三方面的影響，開始呈現出兩種迥別的型態，即「神祕性」與「人間性」。其中「神祕性」的「俠女」是繼承唐代以來的劍俠傳統，以形跡詭祕，行事離奇、技藝之神奇見長。包括《古今小說》〈楊謙之客舫遇俠僧〉中的李姓女子、王世貞《池北偶談》〈女俠〉、蒲松齡《聊齋誌異》〈俠女〉，直至清末《七劍十三俠》、《仙俠五花劍》均屬此類，並直接影響民初向愷然《江湖奇俠傳》，還珠樓主《蜀山劍俠傳》等武俠小說。〔註104〕筆者所探討的「劍俠」中的女俠即屬神祕性姿態的「俠女」。

二、女劍俠的獨特性

在「劍俠小說」中，以早期劍俠為例，符合「女俠」資格為〈紅線〉、〈潘將軍〉、〈三鬟女子〉、〈賈人妻〉、〈崔慎思〉、〈張訓妻〉、〈花月新聞〉、〈女道士〉、〈俠婦人〉、〈解洵娶婦〉、〈荊十三娘〉、〈俠嫗〉、〈香丸誌〉等。總觀諸篇，女性身分不顯著，她們也具有嗜血衝動，如〈張訓妻〉、〈解洵娶婦〉殺人啁血，烹食人肉；並且行俠動機不一、「劍術」奇幻與行蹤飄忽等現象均與男俠無別，甚至聶隱娘更是原始劍俠中的佼佼者。如上節所述，「劍俠」與道教相關，在女俠亦表露無遺，如〈崔慎思〉、〈賈人妻〉中特異的殺子行為暗合道教思想的。因此「劍俠」型女俠的獨特性，並不表現在與男性的差異上，

<hr>

〔註102〕陳葆文：〈一逐孤雲天外去一短篇小說中女俠形象探討〉（《國文天地》第五卷第十二期，1990 年），文中主張女俠的絕對條件就是必須會武功。依林保淳〈中國古典小說中的「女俠」形象〉則可知上述觀念的謬誤。不過此文中對「女俠」和「俠女」的區分大致是可採信的。

〔註103〕值得一提的是，正史記錄中未收錄任何一則女性的俠客，僅有《宋史》卷四六〇〈列女傳〉中敘述朱氏其夫和俠少飲博，犯法徙家，朱氏父母欲改嫁之，而朱氏自刎而死的故事。並未稱朱氏為女俠。職是之故，女俠的嶄露頭角，則有待小說的文學創造了。

〔註104〕林保淳：〈中國古典小說中的「女俠」形象〉（《中央研究院中國文哲研究集刊》第十一期抽印本，1997 年），頁 43～74。

而是「劍俠」型女俠與其他非「劍俠」的女俠之間的差距。

　　首先「劍俠」型和非「劍俠」女俠的歧異處在於嗜殺。因爲早期女性身分並非小說著力描述的重點，凸顯「異」的特性才是目的所在，因此女性特質並不重要。基於此，「劍俠」與非「劍俠」女俠第一個區別即在神祕色彩，特別是濃厚的宗教色彩。

　　其次，「劍俠」型女俠保有高度行動自主性，一方面可以如聶隱娘自擇夫婿，另一方面又因武藝高強來去自在。不僅如此，身懷絕技的女俠客，出身亦不同凡響，如車中女子來自盜賊集團，或者如〈花月新聞〉中的是道士之流。原始劍俠本來即是「異人」、「非世人」，與男俠無異的女劍俠也自然保留此特質。同時，她們自主的行爲模式，殺子的冷酷舉動必須從宗教特色著眼，而不可逕當作唐代女性地位眞高出其他時代的證據。〔註105〕

三、「劍俠」轉型

　　《初刻拍案驚奇》卷四〈程元玉店肆代償錢，十一娘雲崗縱譚俠〉可說是之前「劍俠」小結，韋十一娘提出的許多「劍俠」議論，標舉新興「劍俠」觀。關於此篇樹立的新典範可分幾方面來談：

　　首先，此時「劍俠」已隱約將得道成仙視作最高境界。「劍俠」與劍仙觀念在此時尚未分化，不過「仙俠」的觀念已開始萌芽。此點從韋十一娘論車中女子、三鬟女子事蹟可察知一二：

> 這兩個女子，便都有些盜賊意思，不比前邊這幾個報仇雪恥，救難
> 解危，方是修仙正路。〔註106〕

將盜賊與「劍俠」分開，明顯別於《劍俠傳》。

　　其次，新主張的重點即在「俠義」觀的演變，由此出現了新的規範。可分三小點說明：

　　　（一）繼〈郭倫觀燈〉提出原始劍俠「非世人」後，此篇再度言明「劍
　　　　　　俠」與凡人不同；並且奠定修習「劍術」的新戒律：「不得妄傳人，
　　　　　　妄殺人，不得替惡人出力，不得殺人而居其名。」
　　　（二）報仇觀由私怨昇華到公仇層次，俠義觀由氣義向正義、公義轉化。
　　　　　　（詳見「小說中俠形象與俠義觀念的遞遷」）

〔註105〕龔鵬程《大俠》已詳論此說錯誤，此不贅述，同第一章註2，頁192。
〔註106〕同第一章註75，《初刻拍案驚奇》，頁53。

（三）強調「劍術」的重要性，韋十一娘論專諸、聶政之流：

　　至于專諸聶政諸人，不過義氣所使，是個有血性好漢，原非有術。
　〔註107〕

從她比較摩勒、聶隱娘，以為後者才是至妙境地，可見韋氏對「劍術」的要求，並據此作「劍俠」境界判準：

　　這是粗淺的了。聶隱娘紅線方是至妙的。摩勒用形，但能涉歷險阻，
　　試他矯捷手段，隱娘輩其機玄妙，鬼神莫窺，針孔可度，皮郭可藏，
　　倏忽千里，往來無跡。豈得無術？〔註108〕

此論可謂從原始劍俠到仙俠轉型過程之關鍵。

　　綜論第二章，可得下列結論：

（一）道教思想在「劍俠」形象塑造中，占據重要地位。

（二）早期劍俠行義表現仍以氣義為主，基本上保存諸如嗜血性格等非理性盲動。

（三）在原始劍俠形塑造方面，男、女俠區別不大。

（四）「劍俠」開始轉型始自明代，出現新「劍俠」典型及揭示新俠義精神內涵。

〔註107〕同前註，《初刻拍案驚奇》，頁 57。
〔註108〕同前註，頁 57。

第三章 「劍俠」的最高境界——仙俠

　　依上章，新「劍俠」造型乃「劍仙」的濫觴，從原始劍俠到劍仙之間的轉變契機，亦肇始自「仙俠」之生。本章將討論從原始劍俠過渡到仙俠其形象之變。

第一節 「仙俠」的誕生

一、「仙俠」初興

　　根據《正統道藏》洞眞部方法類珠上〈眞龍虎九仙經〉，羅公遠註列仙俠有九等不同。所謂九仙者，依鍊丹功力之深淺，所成仙有天俠、仙俠、靈俠、風俠、水俠、火俠、氣俠、鬼俠、遇劍俠九等之分：

> 羅公曰：「列仙俠有九等不同。……第一天俠，本天仙，奉上帝賜劍
> 也。第二仙俠，已修上眞，昇天之行，又復鍊尿爲錘劍。第三靈俠，
> 已是地仙，鎭居山獄，及鍊就劍匕，萬里聞有不平之事，飛劍立至，
> 謂之靈俠。第四風俠，亦是地仙，鍊得劍匕，修之間斷，未通極靈，
> 知有不平，通風處，身劍一時俱到也。第五水俠，本是水仙鍊成，
> 號曰水俠，無水不可飛騰也。第六火俠，修之自焚起，亦號火光三
> 昧，鍊匕劍成了，身欲飛騰，須化火一團，乘而來往，故號火俠也。
> 第七氣俠，唯學定息氣，便將精華鍊劍，劍成如氣，仗而往來，號
> 曰氣劍也。第八鬼俠，人不見其形，本修神仙水墨形、水墨劍也。
> 出入往來，如氣不殊。第九遇劍俠者，或因遇於寶劍，亦得隨意東

　　　西變現也。」〔註1〕

羅公遠係唐代人，此處應僞託其名。由於題名《眞龍虎九仙經》，內容又討論內
丹，定爲宋代以後，絕不是唐代。所以，可見「仙俠」一詞，自宋已有。此處
所列俠之九等，已見「仙俠」、「(遇)劍俠」之名，亦可作爲「劍俠」觀念與道
教相關之旁證。至於「劍仙」初見於小說，則爲《劍俠傳》〈花月新聞〉一篇：

　　　姜問其怪，道士曰：「吾與此女皆劍仙。……」〔註2〕

由上段引文，「劍仙」之名自始即與道士關涉。此篇源出宋・洪邁《夷堅志》卷
三十二，故自宋代俠客小說已有「劍仙」。此時「劍仙」的觀念尙未具體化，直
至明末《初刻拍案驚奇》〈程元玉店肆代償錢，韋十一娘雲崗縱譚俠〉，「劍俠」
仍未明顯分化，「劍俠」、「劍仙」經常合稱並用。「仙俠」開始確立應導源於《七
劍十三俠》。〔註3〕該書初次說明何謂「劍仙」，並直指七子十三生即爲劍仙代表：

　　　況且劍客與俠士不同，若如一枝梅、徐鳴皋、徐慶等輩，總稱爲俠
　　　客，本領雖有高低，心腸卻是一樣，俱是輕財重義，助弱制強，路
　　　見不平，拔刀相助。若是他們七弟兄皆是劍客，不貪名，不要利，
　　　只是鋤惡扶良的心腸，與俠客相同。所以「劍俠」二字相連。劍客
　　　修成得道，叫做劍仙。這部書專記劍客俠士的行蹤，只因這個時候，
　　　天下劍俠甚多，叫做「七子十三生」。〔註4〕

七子十三生尙屬於凡人，如第三十回〈徐鳴皋焚燒淫窟，林蘭英父女團圓〉，
紅衣娘死於金山禪寺地穴出口，可見「劍仙」仍爲凡胎俗骨，不能長生不死、
兵槍不入。另外，亦可由第三十六回楊小舫回應周湘帆，提出的一番說詞窺
見：

　　　湘帆聽了，喜得手舞叫之，說道：「兄長見過劍仙，卻是何等樣子，
　　　小弟想慕已久，可能得見？」小舫道：「也與常人一般，不過他劍術
　　　利害，爲人義俠，也是凡人，直要將來修成證果，方爲劍仙，卻又
　　　不肯來管凡間之事，那就眞個尋他不見了。」〔註5〕

直至《仙俠五花劍》，十位「劍仙」均爲上界太元境的天仙，此時才飛行得道與

〔註1〕　羅公遠注：〈眞龍虎九仙經〉，同第二章註100，頁11～12。
〔註2〕　同第一章註39，頁76。
〔註3〕　古本小說集成編委會編：《七劍十三俠》，《古本小說集成》（上海：上海古籍
　　　　出版社，1990年），回首標名又稱《劍俠奇跡》。
〔註4〕　同前註，第九回，上卷，頁43。
〔註5〕　同註3，頁178。

人殊途。對照〈眞龍虎九仙徑〉列仙九等，《仙俠五花劍》才符合「已修上眞，昇天之行」的「仙俠」；而《七劍十三俠》中的「劍仙」應仍屬地（行）仙之流亞，較接近「靈俠」、「氣俠」、「遇劍俠」等。這點亦由霓裳子自述七子道行得到證明，第三十四回霓裳子回答徐鳴皋何謂「九轉回丹」時，說道：

> 霓裳子道：「非也。這龍虎丹只能煉劍成丸，吞吐自如，久之功高道
> 進，也可長生不死。自古神仙有七十二修眞之法，要皆千艱萬若，
> 豈靠一粒丹丸，便可得道成仙，談何容易。我苦修四十餘年，尚是
> 個凡夫俗子，像我大哥的功行，庶幾乎與地行仙相似。」〔註6〕

《抱朴子》〈金丹篇〉有云：「上士得道，昇爲天官；中士得道，棲集崑崙，下士得道，長生世間。」又〈論仙〉云：「按《仙經》云：『上士舉形昇虛，謂之天仙；中士遊於名山，謂之地仙；下士先死後蛻，謂之尸解仙。』」〔註7〕由道教神仙三品說，所謂天仙是指居住天府，能舉形飛升的神仙，地仙指遊名山的得道仙眞。〔註8〕《仙術祕庫》分仙五等，其中「人仙」一條指出：

> 人仙者，五仙中之下乘也。修眞之士，未悟大道，祗於道中得一法，
> 法中得一術。守此一術，信心苦志，世不移。五行之氣，悞交悞合，
> 而形質因之固矣。八邪之疫，不能爲害，而疾病自少，安康自多矣。
> 形質固而少病，多安全其天命。樂其天年，益壽延齡，乃稱人仙。……
> 蓋人修人道，以異於人，以近乎仙，謂之爲人，則固明。明爲仙，
> 謂之爲仙，則之爲仙，則仍明，明爲人，此其所以爲人仙也。〔註9〕

比照上述道教神仙說，《七劍十三俠》「劍仙」道行，可知應歸屬「人仙」一類；至《仙俠五花劍》，「劍仙」實已位列天界，與人間分屬爲二。自此，長篇小說發展兩種「劍俠」型態：人仙與天仙。後者逐漸演變成仙俠，而相對於下界屬凡胎身分的劍俠。

　　「劍俠」型的俠客小說自唐傳奇開其端，宋、元、明均無太多發展；除〈程元玉店肆代償錢，韋十一娘雲崗縱譚俠〉較值得重視外，《劍俠傳》所收錄的名篇，均與《太平廣記》相去不遠。不僅形象上未有明顯轉化，長篇作品中，自晚明直至清末《七劍十三俠》成書前，他們近乎消聲匿跡。關於此

〔註6〕　同註3，頁167。
〔註7〕　同第二章註62，頁100，頁45。
〔註8〕　同第二章註65，頁76。
〔註9〕　清・玉樞眞人：《仙術秘庫》（台北：新文豐出版股份有限公司，1975年），頁5。

類「劍仙」幻想派的再現,曾有二位學者分別就小說發展(即文學內部的演進)、和社會背景(即文學外圍環境)加以論述。大陸學者李保均主張,清代武俠小說在俠客的行俠方式和武功描寫上,形成寫實型和幻想型兩種不同的風格,後者以《七劍十三俠》爲代表;針對《七劍十三俠》所呈現獨有的神怪色彩,李氏認爲可能受到神魔小說的影響:

> 《七劍十三俠》是劍仙型幻想派武俠小說的代表作品。劍俠型小說過去不是沒有。唐傳奇中的劍俠就能劍光殺人,但此後這種近于巫術的武功基本消失。在明清的公案俠義小說當中,大多數俠客的武功都是逼眞樸實的,無論拳腳交加、刀法俠術、飛鏢暗器,還是飛簷走壁都尚可想像。而《七劍十三俠》則完全不同了,大概是受《西遊記》、《封神演義》的影響,書中的俠客們可以呼風喚雨、撒豆成兵,也可以劍光除奸、未卜先知。〔註10〕

龔鵬程〈論清代的俠義小說〉則從清末祕密會社的影響方面著眼,他認爲清代劍俠的神奇武技多與當時各祕密教派之法術有關:

> 至於劍俠之神奇武技,則多與當時各祕密教派之法術有關,如白蓮教能「撒豆成兵,騎凳當馬」「擅遁甲術,呼風喚雨」「得石函中寶書神劍,役鬼神,剪紙作人馬相戰鬥」,這種神幻奇技,與武術相結合,影響小說對劍俠劍仙的描述很大。自唐朝以來,久久沉寂之劍俠小說,遂得復甦而成巨觀,要非無故。〔註11〕

李保均主張「劍仙」型小說可能受神魔小說的影響,這個觀點有待檢證,因爲「一般來說,人們都接受這樣的觀點,如果文件 B 產生於文件 C 之前,而 C 無論是內容還是形式都與 B 相似的話,那麼有理由認爲前者影響了後者,而後者卻無法影響前者。最多,你可以假設一原型 A 產生於 B 和 C 之前,B 和 C 的產生都受其影響。…但值得注意的是,這樣做只有當二者間的相似性不能得到其他更簡潔的解釋時才有必要。…爲了顯示 C 多麼高妙,我們需要尋找一個 B 和 C 都依賴於其上的原型文本 A。由於 A 實際上難以得到,於是人們就假定 A 在各方面都像 C。其結果就會造成 C 影響了 B 的假象,這正是我們前面所說的『倒果爲因』的現象。〔註12〕這段文字說明了影響難以判斷及其誤置的可能性。是

〔註10〕 李保均:《明清小說比較研究》(四川:四川大學出版社,1996 年),頁 321。
〔註11〕 龔鵬程:〈論清代的俠義小說〉,《俠與中國文化》,同第一章註58,頁 207。
〔註12〕 艾柯:〈詮釋與過渡詮釋〉,《詮釋與過渡詮釋》(香港:牛津大學出版社,1995

故若以爲「劍仙」型小說的復甦直接源於神魔小說，仍需要更多相關作者、時代成因與文本細部考察，方能論定，以免「過渡詮釋」。

至於清代俠義小說與祕密會社的關係，前人多所論及，龔鵬程則以爲「劍仙」與諸如白蓮教法術相似。然則必須注意到，余七、徐鴻儒等白蓮教徒首，均爲對應「劍俠」的反面人物，故小說情節中的法術運用受到祕密宗教法術觀念的影響，但是否催生「劍仙」，以及如何影響「劍俠」武技，影響的成分多寡，則有待進一步研究。另外，雖然文學活動就其本身特殊的審美系統而言，有其內在的自足性，但創作者又不能脫離他所賴以的生存時空，因此也無法絕對獨立於社會環境之影響。何況，清代「劍俠小說」作爲一種「民間藝術」，乃是以鄉村居民爲服務對象，其生產者和消費者之間的界限模糊；〔註 13〕因之，作者本身的觀念，也一定程度地受時代衝擊，是故考察當時的宗教發展有助了解時代氛圍。依《中國道教發展史綱》，明清道教有其時代特點，其政治地位大大衰落，社會影響則有所擴大，其宗教觀念，各種方術，特別是正一道的各種符錄經咒，驅鬼請神之術日益流行於民間。〔註 14〕此外，道教多神崇拜、內丹煉養及立善積功等宗教觀念進一步深入民間，和儒佛二教通俗之說與民間傳統的宗教觀念融合，表現於俗文學作品中。〔註 15〕此時，還出現一批專以道教故事爲題材的作品。〔註 16〕這種滲透的社會風俗，特別是祕密會社流傳的神奇法術，流風所及，當時人可能普遍接受神通觀，提供了衍生「劍仙」的條件；更重要的是，長期以來，影響俠客形象塑造「正──反」（原始盲動與理性化）的兩種觀念，構成人物的內在矛盾又未得到解決，必須創造出一種游離體制又調和原型的新「劍俠」。因此，時代風氣的有利環境，兼以類型人物塑造的需求，「仙俠」應運而生。他既能夠符合常識性的接受範圍，又滿足讀者企慕心理──非尋常，

年），頁 55～56。

〔註 13〕陳平原認爲阿諾德、豪澤爾分析民間藝術和通俗藝術時的區別，大體適應於清代俠義小說與二十世紀武俠小說的區別。同第一章註 14，頁 100。

〔註 14〕劉鋒、臧知非：《中國道教發展史綱》（台北：文津出版社，1997 年），頁 330。

〔註 15〕例如《封神演義》道教神仙與佛菩薩共同對抗截教，同時此書中闡教諸仙和截教十神的鬥法破陣，似乎與道士除妖降魔的範型相似。又如《喻世明言》第十三卷〈張道陵七試趙昇〉、第二十九卷〈月明和尚度柳翠〉都與道教度脫觀念相近。《醒世恆言》卷二十一〈呂洞賓飛劍斬黃龍〉更是充滿仙道法術的運用。《紅樓夢》首篇由一僧一道引出「太虛幻境」，而跛足道人的「好了歌」也接近道佛思想。

〔註 16〕同第二章註 86，頁 732～734。

所以離奇；不完全違背常識，所以可能，雖然不易達成，更倍增想像與嚮往。

二、「仙俠」意涵

（一）「劍仙」即「仙俠」

「仙俠」一詞，首見於《仙俠五花劍》。〔註17〕「仙俠」等於「劍仙」，該書稱黃衫客等，每與「劍仙」一詞互用，時而稱「劍仙」，時而名之「仙俠」。如第一回〈太元境群仙高會，軟紅塵五俠尋徒〉即以「劍仙」之名指稱太元境群仙人黃衫客、崑崙摩勒、精精兒、空空兒、古押衙，公孫大娘、荊十三娘、聶隱娘、紅線女、虯髯客等，之後又稱「五位仙俠攜著五口寶劍，分手回山而去。到了明日，一個個束裝起程」〔註18〕因此，所謂「仙俠」即「劍仙」。同樣的，第三十回〈十仙俠收徒歸大道，五花劍傳世演奇書〉，亦大量混用「劍仙」、「仙俠」二詞。

（二）「劍仙」屬於「劍俠」

長篇小說中的「仙俠」形象奠基於《七劍十三俠》。該書「劍俠」型態開始分化，一種是如徐鳴皋、徐慶、一枝梅等打抱不平、仗義行俠的英雄豪傑；另一種則是劍光幻化、法力無邊的「仙俠」人物。不過這種分化並非絕對二分，只是區分境界高低，「劍仙」實際上仍是「劍俠」之流，這點從以「劍俠」統稱二者可知，例如王守仁、寧王之輩皆為「劍俠」，慕容貞（一枝梅）亦自稱「劍俠」。第六回〈神箭手逆旅逢俠客，鐵頭陀行刺遇英雄〉：

> 慕容貞道：「……若言劍俠之中，我的末等都沒有位子。賢弟，自古
> 到今的劍俠，從沒目下這般眾盛，他們都是五遁俱全，口中吐劍，
> 來去如風的技藝。〔註19〕

又如第一三六回白樂山將斬妖除害的英雄狄洪道，視為「劍俠」流亞。另一方面，「劍仙」也被當作「劍俠」，原是「劍俠」的一種。如第六十九回〈十三生大破迷魂陣，眾劍客會齊趙王莊〉趙員外所舉辦的「劍俠大會」，就囊括了七子十三生和徐鳴皋等十二英雄。

其實，該書定義就謂「劍仙」出自於「劍俠」，是其中得道成仙者：

〔註17〕清·海上劍癡：《仙俠五花劍》，《古本小說集成》（上海：上海古籍出版社，1990年）

〔註18〕同前註，頁8。

〔註19〕同註3，頁27。

若講他們的本領，非同小可，有神出鬼沒的手段，飛簷走壁的能爲，口吐寶劍，來去如風，此等劍俠，世代不乏其人，只是他們韜形斂跡不肯與世人往來罷了。〔註20〕

若如一枝梅、徐鳴皋、徐慶等輩，總稱爲俠客。……若是他們七弟兄皆是劍客，不貪名，不要利，只是鋤惡扶良的心腸，與俠客相同。所以「劍俠」二字相連，劍客修成得道，叫做劍仙。這部書專記劍客俠士的行蹤，只因這個時候，天下劍俠甚多，叫做「七子十三生」。〔註21〕

只見副台主狄洪道稟道：「這個默存子，非是等閑之人，乃一個劍俠之士。昔年在雁宕山與我師弈棋，曾見過一面。那時只十八、九歲的少年書生，他的本領，口能吐劍丸，五行遁術。我曾求他試演劍術，他就坐中草堂，並不起身，把口一張，口中飛出一道白光，直射庭中松樹。這白光如活的一般，只揀著一棵大松樹上下盤旋，猶如閃電掣行，寒光耀目，冷氣逼人。不多片時刻工夫，把棵合抱的樹極枝，削得乾乾淨淨，單剩一段木身。我師他又善用吹箭，百發百中，若他用了藥丸之時，卻是見血封喉，立時斃命，比了國初何福的袖箭，更加厲害。〔註22〕

綜合言之，「劍俠」與「劍仙」同屬一類，而「劍仙」是「劍俠」中的一種。職是之故，因「劍仙」即「仙俠」；所以「仙俠」亦是「劍俠」的一種，「仙俠」亦屬於「劍俠」。

（三）「劍俠」修煉成仙

　　既然「劍仙」等於「仙俠」，所謂「劍仙」就是「俠客修成得道」，是故「仙俠」即「劍俠」修煉成仙。根據上章「劍俠」的轉型，在「劍俠」形象的轉化中，隱然形成視得道成仙爲「劍俠」最高境界的看法。在清代「劍仙」型的小說中，隨著「劍俠」逐次的分化過程，此種以「劍仙」爲劍俠的最高境界的觀點，也益加清晰。〔註23〕在《七劍十三俠》中眞正運籌帷幄、決定

〔註20〕 同註3，第一回，頁2。
〔註21〕 同註3，第九回，頁43。
〔註22〕 同註3，第十回，頁49。
〔註23〕 梁守中同樣認爲「劍俠」的最高境界是「劍仙」。梁守中：《武俠小說話古今》
　　　　（台北：遠流出版社，1994年），頁46。

勝負的是七子十三生等「劍仙」，尤其是修成近乎地行仙的玄貞子和傀儡生；此外，《仙俠五花劍》更是明顯地將如黃衫客等十位「劍仙」，與文雲龍等四位劍俠分屬仙凡兩界，不僅位階不同，「劍術」境界更是不可相提並論。因此，筆者主張，將小說中的「仙俠」界定爲「劍俠」修煉成仙，是「劍俠」的最高境界。

第二節　「仙俠」的特質

從原始劍俠到仙俠，轉變的關鍵就在「仙俠」形象塑造上，下文從「仙俠」性格及行止的特徵、和「劍俠」分化論之，前者著重「仙俠」的範型特性，尤其是其有別於自唐傳奇以來的「劍俠」處；後者目的在說明清代小說中，「劍俠」的概念略有轉變，包括彼此的互動和差異，凸顯其形象的獨特性和其變化的重要性。

一、修煉過程

「仙俠」爲修煉成仙的「劍俠」，作爲一種特殊典型，差別在於修煉成仙，是以其修煉過程爲形塑的重點。修仙的理想與仙骨影響著其性格和行爲表現，同時其俠義觀和群眾關係也是。然而，從劍俠蛻變爲「仙俠」，並非一蹴可幾，仍有待修煉的歷程。如《七劍十三俠》第一、二回，海鷗子論述傳授「劍術」的先決條件，必要「存心仁義、爲人忠信」，但並非人人儘可傳得，尚須隸屬修仙學道之輩。〔註24〕這點雖和《酉陽雜俎》〈蘭陵老人〉必視骨相有無道氣，絕不任意遽授的原則相同，不過《七劍十三俠》多了仁義的要求。此種授徒的標準，亦見於《仙俠五花劍》第一回，黃衫客所謂收徒禁忌，「第一要擇人，第二又須煉劍」，而「擇人」甚至在煉劍之上，這也是公孫大娘囑咐傳劍的限制：務要「看此人的心術」。〔註25〕這種對「劍俠」道德品格的要求，顯然與唐傳奇以降的原始形象出入甚大，由此也衍生出「仙俠」的修仙戒律，諸如：

> 只因欲成仙道，須行一千三百善事，你看那採陰補陽的左道旁門，妄想長生，到後來反不得善終。皆因未立爲善根基，卻去幹那淫慾之事。欲想長生，恰是喪身。所以修仙之道，……皆是要行善事，先立神仙

〔註24〕同註3，上卷，頁4～5。
〔註25〕同註17，頁4～6。

根基，但是為善不可出名，若出了名，就不算了。〔註26〕

雲陽生道：「不然，只因我師有五戒甚嚴，第一戒姦淫婦女，第二
不忠不孝，第三就是殺害生靈，第四助惡為非，第五偷盜銀錢。」
〔註27〕

雲陽生道：「你（包行恭）的技藝也可去得，如今吃了飛燕丹，城牆
可以上下的了。只是牢記一件，切勿誤傷好人，並貪那『財色』二
字……」〔註28〕

紅線又道：「凡學劍術之人，第一要心術端正，不許無事生非。第二
要詣力堅固，不得有初鮮終。第三要涵養深沉，不可逞能嗜殺。有
此三者，方許大道能成。〔註29〕

黃衫客先儆戒了幾句：「學技之後不准為非作歹、不准好殺傷生、不
准邪淫姦盜」的話。一鳴一一受訓。黃衫客始先略授他些運劍之法。
〔註30〕

空空兒道：「第一件，學技之後，不許倚恃本領妄殺生靈。第二件，
不許姦淫婦女。第三件，不許私報家讎。〔註31〕

依所述，修道戒律可歸納為：(1)戒淫(2)戒嗜殺(3)戒不忠不孝(4)戒
助惡為非(5)戒偷盜銀錢(6)戒報私仇(7)為善不可出名。值得注意的是，
「戒嗜殺」、重視忠孝德目、以及禁報私怨，與早期劍俠的嗜血性格差距極大；
而復仇準則的改變，明顯承繼韋十一娘的新劍俠觀。至於強調道德性則是形
象轉化上新增的內涵。

此外，「仙俠」劍術修習的過程，分為三個階段，首先是「寶劍之術」：

那劍術一道，非是容易，先把『名利』二字，置諸度外，拋妻子家
財，隱居深山巖谷，養性煉氣，採取五金之精，煉成龍虎靈丹，鑄
合成劍，此劍方才有用，已非一二年不可。〔註32〕

〔註26〕同註3，第二回，頁5～6。
〔註27〕同註3，第二十八回，頁135～136。
〔註28〕同註3，第三十七回，頁185。
〔註29〕同註17，第三回，頁34。
〔註30〕同註17，第九回，頁103。
〔註31〕同註17，第二十回，頁245。
〔註32〕同註3，第一回，頁5。

其次是「劍丸之術」、「吞丸之法」：

> 煉成了寶劍，然後再學搓劍成丸之法，將那三尺龍泉，搓得成丸，
> 如一粒彈子相仿。然後再學吞丸之法，不獨口內可以出入，就是耳
> 鼻七竅皆可隨心所欲，方才劍術成功。此非武藝，實是修仙之一道。
> 〔註33〕

首先提出「劍術」修為必要條件，須看淡名利恩愛隱居孤修；其次，修習上
也開始指陳內功的重要性，強調「養性煉氣，採五金之精」，煉成靈丹以鑄合
成劍，此劍方才有用。另外，特別指出修習，非為武藝，實是修道成仙。以
欲成仙道為目的，也印證「劍俠」逐漸視登仙得道為最高境界。

修煉的歷程，除上列「劍術」修習法，也須經歷一段「魔考」，這便是焦
大鵬修成劍術前所經歷的「魔道試心」：

> 焦大鵬在月光中習練劍術，口吐白光，飛入月中，又從月中吐入口內，
> 這鶴嶺本來是極高的所在，焦大鵬覺得身子漸漸的高起來，那天上明
> 月漸漸的低下來了。心知有異，口中只是一吐一吸，忽然明月已在頭
> 頂，仰看一看，把丸劍吸一吸，霍的一聲，連一輪明月都吸到喉中去
> 了。一霎時面前黑暗，伸手不辨五指，想必是魔要來了。心中一定，
> 不以為奇，覺得眼中一閃，大放光明。一輪明月，依然在天，仰首望
> 一望，原是高不可攀的天，自己身子立在一塊平陽大地，四面並無一
> 人，正要移步去尋師父，忽見前面來了一人，大叫道：「焦大哥原來
> 在這裏，快同我去朝見天子。我們眾弟兄都封了官爵，快去享用這功
> 名富貴。」焦大鵬看這人正是徐鳴皋，便對他說：「我先前還有功名
> 富貴的心，如今脫了凡胎，是沒有的了，我不同你們去。」焦大鵬話
> 未說完，徐鳴皋已不見了。四面搜尋，遠遠的一匹馬飛來，馬上將軍，
> 挺戟直刺，原來是鄺天慶。大叫道：「你是我手下敗軍之將，已做了
> 無頭之鬼，敢在這裏出現麼？」焦大鵬聽了，不由心中大怒，忽地一
> 想，此是魔來相試，不與計較。閉目坐在地下，耳邊並無人聲，張眼
> 一看，鄺天慶不知幾時去了。遠遠的又是兩匹馬來，行近看時，是兩
> 位女將軍，走到面前，一個正是妻子孫大娘，一個是張家堡招親的王
> 鳳姑。孫大娘道：「我與賢妹合兵一處，殺敗鄺天慶，他獨自一馬逃
> 走了，這裏可走過麼？」焦大鵬道：「方纔走過，不知那裏去了？」

〔註33〕同註3，第二回，頁19～22。

王鳳姑道：「我姊妹兩個要殺了他，以報夫仇！如今尋著了丈夫，不
必追他了。」兩姊妹在焦大鵬左右坐下，孫大娘道：「丈夫可回去了，
你我青年，尚無子女，難道要學劍術，不顧後代麼？」王鳳姑道：「況
且我父親招贅你來，原爲我終身之靠。難道你如今棄我不顧了？」兩
個人你一句，我一句，左倚右偎，溫柔香膩，蘭麝薰心。焦大鵬不覺
心動，連忙定一定心，立起身喝道：「你兩個休來纏我！」口吐劍丸，
要去斬，他兩人忽已不見了。只聽得耳邊大笑道：「好了好了，功行
圓滿，不負我一番教導之！」〔註34〕

這段幻境的魔考，意欲使煉劍者看淡人間富貴功名、貪嗔癡愛。徐鳴皋、鄒
天慶、兩位妻子（孫大娘、王鳳姑）的現身，分別象徵人生魔障的貪（榮華
富貴）、嗔（怒怨）、癡（愛欲），超越了這三重的誘惑障礙，終能修成正果，
脫離凡胎，進升「劍仙」之徒。

　　牛津字典「試探（Temptation）」一詞定義爲，「一種試驗或證明的行動或
歷程」及「一種嚴厲或痛苦的身心磨難」〔註35〕這段登仙之旅通過「貪、嗔、
痴」幻現將魔困具像化。此型態接近唐傳奇〈杜子春〉及元代度脫劇〈黃梁
夢〉夢喻結構。比照同以「試煉」主題的〈張道陵七試趙昇〉，〔註36〕劍俠小
說「試煉」情節即以實踐歷程證明信仰虔敬。道教內丹修習程序也有「幻魔」
之說，中關仙術「煉　還神」有所謂養胎（聖胎，亦稱嬰兒）功夫，此大周
天的入定功夫目的在煉陽神，入定完後還會出現許多幻覺，丹家稱爲外景或
魔，實際上揭示人類在現實社會中常泛起的俗念；進入上關仙術「煉神還虛」
出胎的功夫程序中，當陽神出殼後，仍有幻境出現，引誘陽神迷而不返，這
是由於原來煉己不純，有陰神外遊所造成，故需煉神還虛，成就「歷劫不壞
之軀」。〔註37〕據此，道教丹道理論亦可詮釋相關情節模式。〔註38〕

〔註34〕同註3，第六十四回，頁21～22。又名《繡像六十回真真七劍十三俠後傳》。
〔註35〕見 Oxford：《The Oxford English dictionary》（Claredon press，1989年），頁759。
　　　　本文僅偏重參照字典後兩義；Temptation 中文譯作試探或誘惑，據斯高聖經學
　　　　編著：《聖經辭典》（台北：斯高聖經學，1975年4月），此名詞同見於新舊約，
　　　　舊約範圍較窄，只有「試探」或「考驗」之意，新約則常將「試探」及「誘
　　　　惑」相提並論。本文「試煉」意指修煉過程的磨難與考驗，特別是信仰考驗，
　　　　較接近舊約之說。
〔註36〕馮夢龍編，許政陽校注：《古今小說》（台北：里仁書局，1991年5月），頁
　　　　187～201。
〔註37〕同第二章註94，頁163，頁165。

另一方面，焦大鵬尸解成仙透露了一種「仙俠」修習新的途徑，有別於七子十三生與太元境眾仙，具有特殊的意義；因爲焦大鵬成道之後，尚且回家傳宗接代，代表「孝」的觀念被納入「劍俠」行事規範。

二、法術表現

第二章中已指出，玄妙「劍術」是「劍俠」最顯著的形象特質；降至「仙俠」，不惟詭奇有甚前者，亦多有新法術運用。尤其是戰爭上的奇謀玄計，屢破賊巢的行陣方術，更是一場場正邪鬥法。法術表現總計有飛劍術、五遁法、草豆法、袖底乾坤、御風而行、龜息大法以及早期諸「劍術」（包括飛天術、隱形變化術、前知術、用藥術、神行術）等。大致可分爲「劍術」與道術兩大類。

承襲早期劍俠特徵，「仙俠」也具神奇「劍術」，然已臻化境。首先，關於飛劍之術，「仙俠」除了炫技、比武之用，此時的武器運用不再以匕首爲主，而是直以飛劍索命，例如《七劍十三俠》第二十九回雲陽生斬非非和尚：

> 那雲陽生忽然鼻孔內射出兩道白，宛然矯龍掣電，直射到非非僧面
> 前。合殿僧俗之人，無不驚呆，駭然寒噤。這白光一亮之後，便無
> 影無蹤。看那非非和尚，卻沒了六陽魁首，卻又作怪，那屍體仍舊
> 立而不倒，這枝禪杖依然在手，只少一個腦袋。〔註39〕

此種劍光殺人的神技，尚可見於第五十八回一塵子腰斬鐵板道人、第六十五回焦大鵬殺銀、銅頭陀，和第一五三回玄貞子飛劍取余七囊首；以及《仙俠五花劍》第二回黃衫客劍斬水怪、第三十回燕子飛死於亂劍等。另外，還發展出「飛劍傳書」、「劍遁」等附屬功能：〔註40〕

> 玄貞子當下寫好一信，望空投去，口中吐出白光，一同飛捲而上，
> 倏忽不見。片時白光飛回，玄貞子接在手中，化爲一劍。上插回信
> 數封，遞把眾人觀看，知是凌雲生、御風生、雲陽生、獨孤生、臥
> 雲生、羅浮生、一瓢生、夢覺生、漱石生、自全生都在海外，回信

〔註38〕依道教辭典，「入魔」意指道教內丹名詞，乃修煉中出現的嚴重偏差。應取自佛教所謂「魔事」，本指煉功中產生出的幻象，這些幻景令人生畏。入魔通常發現在煉炁或煉神階段，輕則神昏錯亂、狂暴變態，重則精神分裂。同第二章註65，頁154。

〔註39〕同註3，第二十九回，頁144。

〔註40〕「劍遁」也就是《仙俠五花劍》所謂的「劍光隱體」，同註17，第十九回，頁227。

說不日就來，飛雲子卻在湖北，轉眼就到。此正是仙家妙法，名為「飛劍投書」，比電報簡捷多了。〔註41〕

且說湖北德安府應山縣，有個豪傑，姓焦名大鵬，綽號叫做草上飛，是湖北有名的義賊。飛簷走壁，來去如風，有超等的本領。……背上插一口青鋒寶劍。他只揀貪官污吏，世惡土豪，任你身居深閨密室，忽然間他跪在面前，口稱借銀若干，明日送到某處山中，或某家客寓，言畢，將背上的寶劍，扯在手中，將口嗤的一吹，連人連劍，影跡全無。……方纔說的，就叫「劍遁」。〔註42〕

飛劍神術至此既可傳遞訊息、可達人劍合一的境界，可謂無與倫比。

在前知術、神行術也大有進境。先是《七劍十三俠》第一「劍仙」玄貞子，不僅能望氣（可知焦大鵬須兵解始能成仙）、預知未來，還可測度生死、氣數、時勢，所以他每每洞燭機先，預救眾劍俠；由於評估寧王敗亡時機，他不袛是神機妙算，更能因勢利導，儼然為掌握全局的關鍵角色。其次，在用藥術上，七子十三生的丹藥多能保命延命，楊小舫、包行恭、周湘帆、徐鳴皋等落入賊人之手，而猶能安全無虞，多得力於此。「仙俠」依然保留化骨水的運用，例如《七劍十三俠》第七回、第二十六回，《仙俠五花劍》第十九回。除此之外，名目繁多，即使一枝梅等劍俠亦擅用迷香。第二十回〈一枝梅金山救兄弟，狄洪道千里尋師尊〉，一枝梅即用「奪命香」迷暈非非僧，救出徐慶：

在窗縫裏張時，只見徐慶綁在柱上，旁邊幾個和尚，手握尖刀，正要動手的光景，一枝梅見了吃其一驚，連忙身邊取出一件東西，你道甚麼？卻是三寸長的一根細竹管兒，將上面機關扳動，便有火點著，向那窗眼的碎明瓦內吹將進去，只見一縷清煙，如線一般，到了裏面散去。……那些小和尚頭陀，卻聞著此香，個個骨軟筋酥，比蒙汗藥還要加倍的利害。非非僧看見他們個個跌倒在地，知道不好，卻自己也聞著了這香味。憑你非非僧十八般工夫，總歸也要醉倒。這香俗名「悶香」又名「雞鳴香」。其實江湖上叫做「奪命香」，能奪去人的魂魄，你道利害不利害？……〔註43〕

〔註41〕　同註3，第六十一回，頁5。
〔註42〕　同註3，第二十四回，頁117。
〔註43〕　同註3，頁96～97。

至於神行術方面，則不僅疾走如飛、日行千里，其本領往往是神出鬼沒，捷若光影。《七劍十三俠》第二回，介紹海鷗子劍術的一段文字，最能凸顯「仙俠」的神行術更勝一籌：

> 及到了家中，走進書房，幾個結義弟兄都在那裏閒談，走近書案前，只見案上有了一個紙包，包得方方的，分明是方才贈與海鷗子的十條金子，難道我忘卻放在衣包不成，取在手中一看，上面寫有二行字，果是海鷗子的筆跡……眾人齊聲道：「不知，我們在此閒談了已久，並無一人到來，只是方才起了一陣怪風，把簾子都吹開，我們正在此談論，外面門窗皆閉。」此風從何而起，莫非他就是這時候來的。……看官要曉得，劍術最高的手段，連風都沒有。在日（筆者按：疑為「夜」）間經過只有一道光，夜（筆者按：疑為「日」）間連光都看不見，如非他們同道中，才能看見。海鷗子的本領，究竟算不得高，故此他們七弟兄之中，海鷗子乃是著末的一個，後首皆要出場。〔註44〕

在法術表現上，「仙俠」與原始劍俠最大區別，正是道術精湛，諸如草豆法、袖內乾坤、五遁、龜息大法、點穴之術等：

> 傀儡生將右邊的袍袖一拂，一萬盞燈，都吹熄了。將一萬多個柳樹人，都收在右手袖中，這正是袖裏乾坤的妙法，任你多少人物，都可收在袖中。〔註45〕

> 看那玄貞子坐在亭中，如老僧入定，鼻息俱無。這名為「龜息」，乃仙家吐納長生之法，大凡劍仙到得至精至妙的地步，便與真仙無異了。〔註46〕

> 只見他（焦大鵬）腰一彎〔註47〕，在錢龍、趙虎兩腿彎內，用二指輕輕一點，錢龍、趙虎不知不覺登時跪了下去，再也點不起來。原來人身上各處皆有穴道，焦大鵬在他二人腿彎內穴道上點了一下，所以他二人點不住，登時兩腿酸麻跪了下去。〔註48〕

〔註44〕同註3，頁7。

〔註45〕同註3，第六十五回，頁27。

〔註46〕同註3，第六十四回，頁21。

〔註47〕焦大鵬原屬「劍俠」分化後，低於「仙俠」一等的劍俠之輩，與一枝梅、徐鶴等人同類，不過此時他已尸解成仙，脫去凡胎，位列「仙俠」，屬於尸解仙。

〔註48〕同註3，第一六七回，頁194。又名《繡像六十回三續七劍十三俠》。

忽見余半仙作起邪法，一陣鬼兵殺上前來。傀儡生連忙將劍一指，
那空中的撒豆成兵，上前來一場大戰。〔註49〕

二仙俠遂又打個稽首，各縱祥光分頭下墜。紅線女使的乃是金遁，
十分飛速，一霎時已蹤跡杳然。黃衫客在仙山腳下撮一些土，借土
遁法往西北而行。……來到湖邊，收了土遁，正欲借水遁渡湖，忽
聽得豁喇喇一陣狂風，祇吹得沙飛石走。〔註50〕

總之，「仙俠」的法術技藝，在繼承原始劍俠的基礎上，尚能參悟玄機，掄算
陰陽，又能呼風喚雨、撒豆成兵，越發「超現實」傾向。另外，內功重要性
相形提高，吐納飛劍、龜息之法、遁地術、點穴法等，均須相當的內功修煉，
亦是有別原始劍俠者。

三、俠義觀念

依第一章，界定「小說之俠」時，已指出「義」對俠的必要性，以及俠
義觀念轉變對俠的定義之影響。「仙俠」以飛舉升仙為最後歸宿，故行為受到
修仙戒律所規範，其中對忠孝道德的提倡，可謂特出者，《七劍十三俠》第七
十回〈約後會玄貞子回山，傳聖旨張太監遇盜〉曾論道：

只聽玄貞子向焦大鵬說道：「……古來劍仙俠客，那一個不從『忠、
孝、節、義』上做起。你父母年老，並無後代，你若不去，使他絕
嗣，便為不孝之子。你兩妻遠到此地，都無兒女，你不同他回去，
便是不義之夫，不孝不義之人，我豈肯收留門下？」……看官你道
劍俠一流，豈容易做得麼？必有聖賢的學問，豪傑的心腸，方能成
就。〔註51〕

自韋十一娘提倡新劍俠「俠義觀」，「劍俠」的「義」，已從氣義轉變成公義、正
義。此處玄貞子更以「忠孝節義」並重，「義」顯然已非只指正義、公義，還加
入了節義、情義，形成由公義、正義再轉化為「忠（孝、節）義」。〔註52〕

事實上，《七劍十三俠》情節主線在描寫徐鳴皋等與七子十三生，共同幫

〔註49〕同註3，第六十六回，頁29。
〔註50〕同註17，第一回，頁10。
〔註51〕同註3，頁48。
〔註52〕仙俠的「義」，仍保有為民除害的性質，此時的「劍俠」多被稱為英雄豪傑，
　　　　甚至直接被冠以「義俠」的名號。見同註3，第五十四回。

助朝廷剿滅造反的寧王，故其忠義兩全的形象躍於紙上。而《仙俠五花劍》五仙下凡授徒之因有二，一是南宋秦檜擅權，天下不平事日多；二是因宋刻書卷中的「義俠」與盜賊一般，影響世道人心。因此「仙俠」下界收徒，重新匡正「義俠」形象。由此可見，「仙俠」提倡的俠義精神，與儒教德目若符其節，且排除原始劍俠氣性的一面，向正義靠攏。〔註53〕何況，七子十三生和徐鶴等英雄人物，尚且受到朝廷誥封，跟隨清官（楊一清、王守仁）討剿叛逆，清除反抗勢力。縱然是位列天仙的「劍仙」，在救人劫獄方面，也表現出對法律的尊重，如《仙俠五花劍》第十三回〈文雲龍仗義揮金，薛飛霞守身如玉〉紅線女一番主張：

> 紅線道：「飛霞現在監中，這是王法所在。若欲劫牢反獄，豈是我輩所為。」〔註54〕

四、群眾關係

與原始劍俠韜形斂跡略微不同，「仙俠」雲遊四方，居無定所，卻也具有一明顯的集團世界；而且和車中女子、盜俠不同，集團的組成不在牟利或竊盜，而是修煉目標相同。同時，他們深具使命感，或為樹立「劍俠」楷模，或為伸張正義、天下太平。他們可能根本是上界天仙群居仙山，如《仙俠五花劍》；也可能是浪跡天涯，但相互結盟，如七子十三生。無論如何，彼此互通訊息、共同修煉，必要時互相馳援。江湖世界已隱然成形，小說中也出現「江湖」一詞，〔註55〕如《七劍十三俠》第五十三回曾稱楊挺、殷壽兩人是江湖上有名的二將。〔註56〕根據陳平原《千古文人俠客夢》，「武俠小說中的江湖世界，大體上可分兩種：一為現實存在的與朝廷相對的『人世間』或『祕密社會』，是歷史上愛管閒事的俠客得以生存的空間，一為近于烏托邦的與王法相對的理想社會，那裡

〔註53〕莊學義將義俠的「義」作三種解釋，忠義、信義、俠義。莊學義：〈晚清武俠小說與儒文化新探——兼論義俠三模式〉（《新疆大學學報：哲社版》，1991年），頁220～221。此適用於晚清俠客小說，由於古代俠義觀念觀念發展至此，新一代的「義俠」造型已日漸理性化，而其俠義觀也逐步涵攝傳統儒教的德目，如忠、孝等，「仙俠」的形象塑造同樣地也有類似的轉變；不過，「劍俠」形象的轉化有其自身的軌跡，與《七俠五義》的「義俠」型態有別，仙性的追求即差異處，而忠孝德目則附屬於此境界修為之中。

〔註54〕同註17，引自《仙俠五花劍》，頁152。

〔註55〕「江湖」一詞在話本小說《喻世明言》〈汪信之一死救全家〉即已有之。

〔註56〕同註3，頁263。

的規矩是憑個人良心與本事替天行道懲惡揚善。」〔註57〕不過「仙俠」的活動場域並不屬於此兩種，而是介於其中；一方面他們寄身於現實社會之外的仙境或遠離塵世隱居，另一方面，又保持與朝廷若即若離的關係，既不與塵寰完全隔離，又非與朝廷相立現實社會中的祕密社會。雖然「仙俠」終極目標是羽化登仙，但由於他們具有一定程度的人間關照，所以在江湖世界中扮演的角色，類似退居幕賓的軍師；而與敵寇對峙的主要舞台，改由「劍俠」分化後的英雄人物擅場，「仙俠」負責營救俠客、和邪術對法，斬殺魔頭。

因為「仙俠」多不慕名利，固然有戒律的約束，也因脫離凡胎，故群眾關係仍是較為疏離的。「仙俠」保留原始劍俠行蹤獨立的特質，且集團成員的個人，尚存有相當大的獨立性。不過泰半受修煉左右，因入山修性，原本就是成仙的重要歷程。例如《抱朴子》〈金丹〉：

> 合之比齋戒百日，不得與俗人相往來。於名山之側，車流水上，別
> 立精舍。百日成，服一兩便仙。〔註58〕

遠避俗人，宿居名山的目標在滌清嗜欲、堅固心志。又如《抱朴子》〈論仙〉：

> 夫求長生、修至道，訣在於志，不在於富貴也。苟非其人，則高位
> 厚貨，乃所以為重累耳。何者？學仙之法，欲得恬愉澹泊，滌除嗜
> 欲，內視反聽，尸居無心。〔註59〕

轉變成「仙俠」後，神祕性不似早期高度隱私性，蹤跡縱然難以逆料，卻可借飛劍傳書溝通音息，狄洪道的師父漱石生還以岳陽樓為消息通知的驛站，可以隨時傳喚。所以說「仙俠」與早期劍俠比較，少了神祕性而多了仙性，兩者皆與人間疏離，但「仙俠」的道德感和入世關懷較多。至於與英雄型劍俠比較，「仙俠」的群眾關係，距離朝廷、現實社會較遠，不過其參與社會的關鍵地位與影響力，卻遠高過英雄人物。幾乎所有人間的不平，都得靠其神術，正義才能得以伸張，尤其是困難度越高，越是少不了「仙俠」。

總之，從修煉過程、法術表現、俠義觀念，群眾關係四方面，「仙俠」的形象特質主要為強調道德性和凸顯仙性。至於「仙俠」的人物性格，由於個別的差異不大，只有境界區分，例如七子十三生各自的面目均較模糊，也無原始劍俠的嗜血欲望，因此「仙俠」形象塑造可說是概念反映下的產物，不

〔註57〕同第一章註14，頁108。
〔註58〕同第二章註62，頁115。
〔註59〕同第二章註62，頁37。

強調內在性格而主要欲創造一個群體（新劍俠）的典範。

第三節　「劍俠」的分化

　　首先應指出，本節所謂「分化」，非「仙俠」出現後，「仙俠」和仍按照原始造型者（如《池北偶談》〈劍俠〉、〈女俠〉等）並置的情形。乃是指「仙俠」產生後，「劍俠」開始轉變，依其形象劃分，分化作兩種：一是「仙俠」，指得道成仙的劍俠；一是濟弱扶傾的英雄豪傑。由於《仙俠五花劍》第三十回曾明指前者為劍仙，而稱後者為劍俠，〔註60〕因此劍俠一詞出現歧義。本論文以「劍俠」（有加引號）意指總稱，即涵括原始劍俠及分化後的兩種類別，並定義為：「小說中具有特殊形象的俠客造型，其特質主要是『劍術』的神奇表現。所謂『劍術』，不只是指『劍俠』使用的武器，而是具有一種神祕氣息的法術，包括飛行術、幻術、用藥術、飛劍術、前知術六大類令人匪所思的神奇技藝。並且由於『劍』的神祕特質所輻射出的俠客性格、行徑與道義表現，也迥別於純憑武勇豪氣的『游俠』、『豪俠』，和使用一般劍技的『義俠』。」至於行文中逕稱劍俠二字（即並未加專有名詞引號者），以及未稱原始劍俠或早期劍俠、晚期劍俠者，皆是意指總體「劍俠」分化後，和「仙俠」對稱的英雄人物。職是之故，本節標題則指總稱，下文另立小節中，其標題所指涉者均為分化後的亞種。若行文中，提及二者，亦依此原則分判。

一、英雄型劍俠與仙俠的互動

　　在功夫傳承的方面，「仙俠」和英雄型劍俠在小說中常為師徒，如《七劍十三俠》徐鶴（鳴皋）與海鷗子、徐慶與一塵子、徐壽與海鷗子、雲陽生與包行恭、狄洪道與漱石生、以及焦大鵬與玄貞子、傀儡生等。另外《仙俠五花劍》眾仙原本即欲下界授徒彰顯「劍俠」正宗，故以五對師生的遇合，分別是紅線女與白素雲、黃衫客與雷一鳴、虯髯公與文雲龍、聶隱娘與薛飛霞、空空兒與燕子飛、花珊珊。〔註61〕是故，英雄型劍俠的「劍術」往往來自「劍仙」的授與，「劍仙」自是高出一等。後來，燕子飛修成技藝，即使是其師亦

〔註60〕同註17，該本回云：「黃衫客等九位劍仙，與文雲龍等四劍俠」，頁395。
〔註61〕燕子飛在本書中扮演反面的人物，後來因為心術不正，有違「劍俠」正道，故遭眾仙誅殺，空空兒遂改收花珊珊為徒。

難以除去，尙且需要再煉劍丸，聯合諸仙之力方可誅殺，所以若劍俠修成劍術，對「仙俠」一樣具有威脅力。由於心術正直是成仙的先決條件，故不能將燕子飛視爲「仙俠」。由上述所論，可知既然眾劍俠可晉升爲仙俠，那麼兩者必非不可溝通的二界，雖有境界高低，仍可修煉昇天。〔註62〕

分化後兩者互動關係，首要爲，「仙俠」代表行義的最終保證。《七劍十三俠》「劍仙」多在英雄型劍俠危難之時相救，或如玄貞子、傀儡生能預料因果，事先贈金丹護體。當然撒豆成兵、盜取寶物、破陣除妖，往往是決勝的莫大助力；另一方面，「劍仙」亦擔任伸彰公義、保家衛國的奧援，作爲英雄型劍俠完成義行的後盾。《仙俠五花劍》五仙下凡，意在重新樹立楷模，維持正義就變成當然之務。因此一旦英雄型劍俠行止不軌，有辱「劍俠」風範，必要糾合眾「仙俠」斬除惡孽。基於此，「劍仙」不僅擇徒謹愼，同時也要確保傳人無誤，若發生錯誤，則要負責清理門戶。固然若非「劍仙」神技，恐怕無法制服偏離正道的劍俠；然則，即使在對抗強梁、抵制酷吏、甚至越獄劫寨，英雄型劍俠之所以能無往不利，仍是藉助「仙俠」的法術。故「仙俠」實決定英雄型劍俠行義成功與否，爲行義的最後憑障。

二、英雄型劍俠與仙俠的差異

兩者之異大致可分幾方面論述，包括境界高低、身分殊異、人生旨趣不同。

在境界高下出入方面，「仙俠」法術運用自然超越劍俠，兩者本領相較，例如《七劍十三俠》第二十三回〈皇甫良殺人醫病，狄洪道失陷王能〉道：

> 看官這等俠客不怕風，不怕雨，惟有見了大雪，卻是他的對頭，隨
> 你本領高強不能行事。除非劍仙之輩，莫說雪上能可行路，有的水
> 面上都能行得。〔註63〕

此外，除了一枝梅、焦大鵬等「劍術」較高者，擅於飛行術、用藥、或劍遁等術，其他的英雄型劍俠的武藝表現，仍偏重拳腳工夫，與「義俠」較相近，因此英雄型劍俠較偏重刻畫豪邁性格、主持公道公義。

其次，在身分殊異方面，除了仙人殊途之外，在人間世的，兩者亦不同。

〔註62〕燕子飛的形象塑造具有典型的意義，亦即俠形象開始出現反派的角色，正邪的對立以及最終邪不勝正的觀念，可能與後來武俠小說黑白兩道的分化有關。
〔註63〕同註3，頁113。

「仙俠」多爲道士道姑，或者以道流的樣貌出場，如《七劍十三俠》第一回〈徐公子輕財好客，藜道人重義傳徒〉介紹海鷗子：

> 又有一個山西人，姓藜，沒有名字，他別號叫做海鷗子。身上邊道家裝束。人都叫他藜道人。他曾在河南少林寺習學過十年拳棒。後來他棄家訪道，遂打扮全眞模樣，雲遊四海。〔註64〕

這裏直指「仙俠」與道教有關，並以全眞教裝束行世。在《仙俠五花劍》中還逕稱眾「仙俠」爲道士道姑，如第一回〈太元境群仙高會，軟紅塵五俠尋徒〉：

> 蚪髯公道：「……難道覓得傳人，即便授他劍術同著回山，不使他們略略行些功果，也不使眾道兄道姑等見見不成？」黃衫客道：「貧道據蚪髯道兄之言想來，臨安現爲建都之地，空空道兄他又本來要去探秦檜一班奸賊作爲……」〔註65〕

至於英雄型劍俠則蛻變成豪傑之士，經常仗義疏財，如徐鳴皋即有賽孟嘗之稱，（第二回）焦大鵬在未兵解成仙之前素有劫富濟貧之舉，（第二十四回）又如狄洪道除斬山魅，營救白劍青；（第一三五回）英雄型劍俠也因此常忤觸土豪貴戚，討平逆豎之餘、也對抗強權、捍衛起公義正義，剷平人間不平事。

再次，人生歸趨亦不相同，「仙俠」有一個自成系統的世界，以長生登仙爲終極眞實，看淡名利，翱遊隱遁。英雄型劍俠則除暴安良，建功立業。然值得注意的是，無論英雄型劍俠或仙俠，皆傾慕登仙成道，以「仙俠」爲理想境地。只是個人氣骨不同，遭際因緣亦有所定，所以通過不同途徑達成理想。依《七劍十三俠》第六十四回〈飛雲子名言勸世，玄貞子妙術傳徒〉：

> 但現在他（徐鳴皋）專心爲國家出力，剿除叛逆，亦是功德、與學道無二。事成之後，享受功名富貴，後來仍可成仙。你亦要記我今日之言，終身行善，將來受過功名富貴，亦可學道成仙了。〔註66〕

綜上所述，從原始劍俠到仙俠，「劍俠」形象的塑造有幾個凸出的改變：

> （一）與唐代劍俠對照，部分唐傳奇中的俠，發展至晚清，已升級爲「仙俠」，如聶隱娘、蚪髯客、精精兒、昆崙摩勒、荊十三娘、空空兒、紅線女。另外在唐傳奇中並未直稱爲俠的人物，也歸入「劍俠」一

〔註64〕同註3，頁4。
〔註65〕同註17，頁8。
〔註66〕同註3，頁19。

類，例如：黃衫客、古押衙等人。〔註67〕

（二）「劍俠」形象轉變過程中，道德性的凸出，使「劍俠」原始盡氣生命的成分降低，「劍俠」逐漸向理性化轉化。

（三）「劍俠」從盜賊、刺客的形象變而爲道士、神仙，特別是輔助清官討賊的將帥，與朝廷、法律的衝突面遞減，搖身一變爲忠孝節義俱全的俠士。俠「義」一變爲「忠（孝、節）義」。

（四）早期劍俠與道教有密切關係，這點在後期「仙俠」形象中，依然可見，包括法術運用、〔註68〕「仙俠」的身分、「仙俠」的成仙理想。其中轉化過程仙性的凸顯亦爲重要變化痕跡。

總之，道德品格的重要性提高、仙性的強調、氣義表現的弱化、朝廷衝突關係的消解四個面相，是從原始劍俠到「仙俠」，「劍俠」形塑的重要轉變的議題。

〔註67〕黃衫客出自〈霍小玉傳〉，古押衙出自〈無雙傳〉，同第二章註90。

〔註68〕草豆法、五遁等法術，均屬於道教的方術。胡孚琛：《中華道教大辭典》（北京：中國社會出版社，1995年，頁616～617）及同第二章註65，頁177。

第四章 「劍俠」形象的轉變

　　所謂「劍俠」形象的轉變，意指從原始造型到新一代造型—仙俠，其間人物塑造變化。因此，針對「仙俠」出現後，與原始劍俠在形象塑造上的差異，試圖尋繹其變化的成因。從原始劍俠到「仙俠」，並非意味著自「仙俠」產生後，從此原始劍俠的形象消逝，蛻變爲「仙俠」型態；也不是說原始劍俠與「仙俠」乃是完全異質的存在。事實上，「仙俠」仍遺留早期劍俠某些重要特質，例如：玄妙的「劍術」技藝；本章所指謂的是其發展過程，加入或強化了新的特質，致使形象轉變。是故，自〈程元玉店肆代償錢，韋十一娘雲崗縱譚俠〉「劍俠」開始轉型，然僅可視爲萌生新的「劍俠」概念，而非指原始造型至此絕跡。例如清代筆記小說中收錄者，其中刻劃的「劍俠」形象仍與原始造型相似。〔註1〕例如：清・王士禎《池北偶談》〈劍俠〉、〈女俠〉、

〔註1〕 其中尚收錄數篇「劍俠小說」，計有：一、明確稱劍俠者，《池北偶談》〈劍俠〉、〈女俠〉，《見聞錄》〈借寓婦〉，《聽雨軒筆記》〈某生奇術〉，《螢窗異筆》〈童之杰〉，《客窗筆記》〈女劍俠傳〉，《敏求軒述記》〈隱俠傳〉，《蝶階外史》〈檻中人〉，《里乘》〈劍俠〉，《續劍俠傳》〈奚成章〉，《嘯亭雜記》〈書劍俠事〉，《邂窟讕言》〈老僧〉，《右台仙館筆記》〈某觀察偶杠法〉，《仕隱齋涉筆》〈先正異聞〉，《虞初廣志》〈柳珊〉；二、明確稱劍仙者，《子不語》〈姚劍仙〉、〈姚端恪公遇劍仙〉，《螢窗異筆》〈遼東客〉、〈姜千里〉，《見聞隨筆》〈車夫奇遇〉，《續劍俠傳》〈奚成章〉，《澆愁集》〈俠女登仙〉，《淞隱漫錄》〈徐笠云〉，《仕隱齋涉筆》〈劍仙國〉；三、內容性質屬之，《聊齋》〈俠女〉、〈田七郎〉、〈武技〉、〈采薇翁〉，《虞初新志》〈大鐵椎傳〉，《堅瓠集》〈異俠借銀〉，《觚賸》〈云娘〉，《子不語》〈賣蒜叟〉，《夜譚隨錄》〈劉鍛工〉，《聽雨軒筆記》〈莊叟較力〉、〈馮瀨亭〉，《諧鐸》〈青衣捕盜〉，《耳食錄》〈毛生〉、〈揭雄〉、〈湯銹〉、〈何生〉、〈韓五〉、〈金陵樵者〉，《小豆棚》〈挽衣婦〉、〈齊無咎〉、〈常正吾〉、〈折鐵叉〉、〈平頂僧〉，《涼棚夜話》〈葛花面〉、〈劍術〉、〈翁嫗擊僧〉，《夢廠雜著》〈俠客傳〉、〈吳小將軍傳〉，《影談》

〔註2〕金捧閶《客窗筆記》〈女劍俠傳〉，在形象塑造上皆雷同《劍俠傳》收錄者。這些作品雖受限個別作者創作意圖，〔註3〕但是因均出現在〈程元玉店肆代償錢，韋十一娘雲崗縱譚俠〉之後，可證明上述新形象的轉化，並未完全籠罩後起所有的作品。特別是《子不語》〈姚劍仙〉，俠客已被稱之劍仙，卻仍具鮮明的嗜血性格，可見此篇仍未脫原始的氣性特質，（與等同「仙俠」者略有出入）並未產生新興的「仙俠」形象。〔註4〕比較早、後期劍俠形象（包括分化後的兩者），本章將進一步就「劍俠」形象變化的面相，探討其現象呈現的意義與反映背景。

首先，簡述總體「劍俠」的轉變軌跡，根據第二章，原始劍俠主要形象

〈繩技俠女〉、〈奇勇〉，《亦復如是》〈餉馬盜〉、〈袁彈子〉、〈何配耀〉，《昔柳摭談》〈異僧捕盜〉，《三異筆談》〈拳勇〉，《香天談藪》〈浙中宦者〉，《秋燈叢話》〈箍桶翁〉，《退庵筆記》〈夏老鼠〉，《寶存》〈裙里腿〉，《咫聞錄》〈缺耳游擊〉，《印雪軒隨筆》〈九江公子〉，《埋憂集》〈金三先生〉、〈全荃〉、〈草庵和尚〉，《敏求軒述記》〈甘鳳池小傳〉，《翼駉稗編》〈劍術〉、〈隱娘尚在〉、〈喬三秀〉、〈白泰官〉〈陸凌霄〉，《道聽塗說》〈駱安道〉、〈鐘和尚〉、〈潘封〉、〈荊襄客〉，《片玉山房花箋錄》〈繩技擒僧〉，《蝶階外史》〈萬人敵〉、〈三和尚〉，《妙香室叢話》〈曹大〉，《見聞近錄》〈王老爹〉、〈甘鳳池軼事〉，《見聞隨筆》〈車夫奇遇〉、〈李鐵頭〉，《見聞續筆》〈少林僧〉，《里乘》〈鄭甲〉、〈金錢李二〉、〈少年客〉，《客窗閒話》〈某駕長〉、〈白安人〉、〈孫壯姑〉、〈難女〉，《蟲鳴漫錄》〈恃術而敗〉，《香隱樓賓談》〈宜興幕客〉，《夜雨秋燈錄》〈谷慧兒〉、〈郁線云〉、〈耍字謎〉，《澆愁集》〈記勇〉，《薈蕞編》〈瞽俠〉、〈莆田僧〉，《此中人語》〈馮雄〉、〈龍大海〉、〈廣寒宮掃花女〉，《遯窟讕言》〈相士〉，《淞隱漫錄》〈女俠〉、〈姚云纖〉、〈倩云〉，《淞濱瑣話》〈邱小娟〉、〈粉城公主〉，《遊梁瑣記》〈龍門鯉〉、〈裕州刀匪〉、〈劍術〉，《右台仙館筆記》〈絕人之技〉，《南亭筆記》〈靴子李〉，《靜廠奇異志》〈楚生〉、〈楊某〉，《虞初近志》〈甘瘋子傳〉，《虞初廣志》〈李涼州〉、〈書虬髯客事〉，《虞初支志》〈周翁傳〉、〈許文宗傳〉、〈高二太爺〉、〈書毛大相公〉、〈記汪瑚事〉、〈庖人〉，《清稗類鈔》〈金飛懲徒〉。根據陸林：《清代筆記小說類篇一武俠卷》（安徽：黃山書社，1994年）

〔註2〕〈劍俠〉、〈女俠〉分別收在《池北偶談》卷二十三：談異七之四，卷二十六：談異七之七，收入《筆記小說大觀正編》（台北：新興書局，1987年）P.4687～4688，頁4702～4703。

〔註3〕《池北偶談》後七卷「談異」屬于志怪小說，王士禎寫作時過於拘泥傳統志怪小說寫法，忠實地繼承六朝志怪小說的傳統。據此，作者創作則大致延襲前人寫作「劍俠」的模式，原無意自出機杼。又《子不語》大都是一些為宣傳宗教迷信而編造的勸懲故事，曾在社會上廣泛流傳，不過資談助而已，思想價值不高。同第一章註40，頁278～279，頁290。

〔註4〕依《子不語》〈姚劍仙〉：「主人懼驚客，再三請收。客謂主人曰：『劍不出則已，既出則殺氣甚盛，必斬一生物而後能斂。』……」《清代筆記小說類編——武俠卷》，同註1，頁53。

特徵表現在嗜血性格、行跡詭秘、「劍術」玄妙、復仇決絕等，並且女、男俠無別；這種形象特質一直延續下去，直至「仙俠」出現，開始加入一些新的特質，原始的形象與新「劍俠」在小說中並存，同時呈現不同樣貌。其中「仙俠」更與原始劍俠差異甚大，成爲形象演化中最明顯的變異，此正是本論文主題所在，亦即討論重心「仙俠」的觀念形成實具一變化過程，呈現「原始劍俠——劍仙——仙俠」的遞變過程，韋十一娘新「劍俠」論正標誌形象變化樞紐。此篇「劍仙」隱然成形，〔註5〕「劍俠」道德形象也提高。不過，這時「劍俠」、「劍仙」名詞仍未劃分。《七劍十三俠》進而確立了「劍仙」形象，同時，相對於仍繼承原始劍俠形象者，此型態「劍俠」開始分化。最後至《仙俠五花劍》始清楚標舉「仙俠」之名，甚至將英雄型的俠客稱爲劍俠，將屬於「仙俠」稱爲「劍仙」，明顯區分境界與身份（仙、凡之分），也象徵提升到天仙的層次。惟「仙俠」並不等於「劍俠」形象的終點或完結，從原始劍俠到仙俠，僅代表古典小說中「劍俠」形象轉變中重要的階段性完成，「仙俠」僅說明新觀念開始形成，一種新的形象誕生。

第一節　俠客理性化

根據上章，從原始劍俠到仙俠，其中一個重要改變是理性化的現象。不獨「劍俠」如此，此現象實爲俠形象轉變的重要觀念。俠義觀念的改變影響俠形象的塑造日趨理性化，「劍俠」屬於俠客之一種，自然亦適應此整體的變化趨向。影響所及，則是嗜血性格的弱化及強調道德性。依第二章，「嗜血性格」是原始劍俠的重要特徵，據上章結語，「仙俠」嗜血性格已不明顯，〔註6〕首先是英雄形象的凸顯。

〔註5〕　本論文以「劍仙」（有加引號者）特指等於「仙俠」者。

〔註6〕　此時「劍俠」並非全然蛻化，嗜血性格僅只是削減而非消失，例如《七劍十三俠》第二十五回狄洪道、焦大鵬斬殺皇甫醫生時，搶入城中逢人便砍，將他妻妾子女丫環僕婦，不問老幼男女三十餘口，殺得精光。同第三章註3，頁123。又第四十五回徐壽與周蓮卿一言不合，徐壽只因覺得周蓮卿出言不遜，便怒而大打出手，甚至想把他也射死。也可見「劍俠」血性莽撞之氣猶存，即使徐壽隨劍仙海鷗子修習劍術多年，仍不免雜揉俠的氣義之勇。同第三章註3，頁223。此外，必須注意的是，清代「劍俠小說」中承自《劍俠傳》以來的故事，仍可見存在此種性格的蹤影，參見清代筆記小說《池北偶談》〈劍俠〉、〈女俠〉，《子不語》〈姚劍仙〉，《客窗筆記》〈女劍俠傳〉，《仕隱齋涉筆》〈劍仙國〉等。

一、弱化嗜血性格

（一）凸顯英雄形象

依現存資料，「劍俠」與英雄的連結，至遲見於清朝同光年間鄒弢《澆愁集》〈俠女登仙〉一篇：

> 俄聞庭中擲金聲甚屬，凡數作。馮燃火燭之，青奴已至，笑曰：「幸不辱命，已取得五六千至，盡夠君分發矣。彼始不肯，我以飛劍盡截其髮，謂若少客，當傾刻使汝作斷頭將軍。彼方懼，故任我所取。」馮曰：「何不用竊取計，致使聲張？」奴曰：「英雄涉世，豈肯作曖昧事者？令彼知之，正所以懲一儆百也。」馮嘆服，跪謝地下。及起，女已不見。〔註7〕

此篇俠女自稱「英雄」，乃是「劍俠小說」中首次直接將俠與英雄兩概念相結合。此處的英雄，與現今指涉正面人物（正義使者）稍有區別，比較偏重在膽識、勇氣，特別是凸出其光明磊落的豪氣。〔註8〕

「劍仙」型的「劍俠小說」常將俠與英雄、豪傑並稱，俠被視為英雄人物，可從幾處看出：

首先，由小說篇章題名，即可知作者將此類分化後的劍俠人物，逕視之為英雄，包括《七劍十三俠》第二回、第六回、第八回、第四十二回、第七十二回、第七十三回、第一一八回、第一二七回、第一三一回、第一七九回。

其次，小說中其他人物，諸如皇帝、清官（楊一清、王守仁）、民眾（趙王莊、林蘭英父女、方國才、白樂山……等）均稱呼眾俠為英雄、豪傑，典型代表人物如《七劍十三俠》徐鳴皋、伍天熊、狄洪道和《仙俠五花劍》雷一鳴。徐鳴皋是維揚首富，素有賽孟嘗之稱，為人忠信、心存仁義，為了救方國才之妻，得罪土霸李文孝，他與徐慶等人更為了救林蘭英而陷入金山寺；狄仁道除害斬山魈，使白樂山之女免受妖怪糾纏；而雷一鳴則糾合雷家堡居民，共同抵禦秦應龍的奸淫虜掠。再次，焦大鵬亦曾開英雄館，廣招天下豪傑之士。歸納言之，他們共同之處在於對抗強豪（如李文孝、秦應龍、非非僧等人），除暴安

〔註7〕　同註1，頁362。

〔註8〕　劉邵《人物志》認為，英乃指其人之聰明；雄，乃指其人之膽力。然則英才之人不能使用雄才；雄才之人亦不能使用英才。必求其人聰明膽力相兼，方可謂之英雄。錢穆：《中國學術思想史論叢（三）》（台北：東大圖書公司，1993年），頁59。此處英雄參考此說。

良。凡此均爲後期劍俠（相對劍仙者）普遍以英雄形象闖蕩江湖。

　　依前文，英雄應具有兩重涵義，除了兼具膽力與聰明，尚多了捍衛鄉里的人民救星身分，因此「劍俠」原始造型中偏重氣義的部分漸被收斂，轉向理性正義。嗜血性格趨於弱化，亦可從流露不忍嗜殺的惻隱之情看出，與早期嗜殺的冷面形象迥別，例如：《七劍十三俠》第九十九回〈棄木林臥山虎喪身，大庾營徐鳴皋報捷〉：

> 再說徐鳴皋在洌頭寨焚毀了山寨，又帶了所部五百名校刀手，各處
> 搜尋了一回，所有投降的嘍兵，不足七八十名，其餘殺死的殺死，
> 燒燉的燒燉，還有被刀砍傷的，有頭無足；被火燒壞的，爛頭焦額，
> 不可言狀。但是這一起，被刀傷火傷的，雖尚未死，亦絕難活命。
> 徐鳴皋看罷，實在也有些不忍。因命所部兵丁，先將已死者掩埋起
> 來……〔註9〕

又如《仙俠五花劍》第二回〈黃衫客一劍誅妖，紅線女單身殺盜〉，黃衫客不好殺人，甚至對禽獸亦存仁心。只因其肆虐，才替天行道，將妄害生靈的水怪腰斬。〔註10〕

（二）俠與盜分化

　　原始劍俠依恃的是一己意氣，偏向生命本然的盲動力量，且不少俠出於盜賊，例如：盜俠、車中女子、田膨郎等均是此類人物。然而這種身分，在後期「劍俠小說」中愈來愈少見，《七劍十三俠》李文孝，《仙俠五俠劍》秦應龍，這類小霸王之流尚且被摒除俠客之列，更遑論盜寇一類。而即使是盜，亦是盜亦有道，屬於「義賊」，以《七劍十三俠》焦大鵬爲代表。〔註11〕

> 且說湖北德安府應山縣，有個豪傑，姓焦名大鵬，綽號草上飛，是
> 湖北有名的義賊，飛簷走壁，來去如風，有超等的本領。他要人的
> 銀錢，即是明取，不去暗偷。生得兩眉如鐵線豎起，雙目圓睜，籤
> 筒鼻，四字口，面色微紅，渾身元色緊身、密門鈕釦，足上藍布纏
> 腿，穿一雙扒得山、過得嶺、鷂子翻身、跌殺虎的快鞋。背上插一

〔註9〕　同第三章註3，頁195。
〔註10〕　同第三章註17，頁14～15。
〔註11〕　「劍俠」與盜分化，亦可從《仙俠五花劍》首篇，眾仙俠下界收徒的原因看
　　　　出。其中一個理由即有鑑於宋書卷中講義俠故事漸將俠與盜同化，有害世道
　　　　人心，故要彰顯眞正義俠聲名，使人不致以爲俠與盜同類，誤以爲是插身多
　　　　事、打架尋仇，無所不爲的惡棍。

口青鋒寶劍。他只揀貪官污吏，世惡土豪，任你身居深閨密室，忽然間他跪在面前，口稱借銀若干，明日送到某處山中，或某家客寓，言畢將背上的寶劍，扯在手中，將口嗤的一吹，連人連劍，影跡全無。所以人人懼怕，連忙如數送去，他過後便來取去，卻不與你照面。你若不送去，包你腦袋不見。〔註12〕

由英雄形象的凸顯、俠與盜的分化兩點，可證「劍俠」身分已開始轉變，伴隨而至的是，行為模式的正義化。這種俠義精神的改變，衝擊著「劍俠」形象的塑造，推動著其行事準則的新規範產生，譬如不使用暗器、不任意觸法。〔註13〕

　　林保淳嘗指出，「劍俠」的嗜血性格予人恐怖之感，〔註14〕加上「歷史之俠」不軌於正義的原貌，致使文人重新提倡儒俠合一的新俠義觀，如李德裕〈豪俠論〉。這種新俠義觀念反映在文學創造上，即淡化「劍俠」嗜殺的描寫，逐步將其行徑納入儒教規範。明清之季是價值關係遽變的時代，這種變化導致了倫理觀念的變革，並通過價值判斷，潛在約制著章回小說的發展。而其發展共分三個階段，其中第二個階段（晚明）倫理人格的個體化是主要特點，在倫理功能上，章回小說由強調外在的教忠教孝的模式中解脫出來，轉而注重個體人格內在的道德自我完善。〔註15〕由於在注重人物內在道德修養，以道範身的俠客，也日趨理性化，相對地嗜血本性就大幅削弱。

　　此外，「劍俠」的塑造，一直與道教思想關係密切，無論是早期劍俠或後來新出現的「仙俠」，都明顯相互關連。依任繼愈《中國道教史》，自唐宋之期，由於外丹煉養宣告失敗，不少道士開始醒悟煉丹長生的想法荒謬，這種來自道教內部的批判，促使了道教修煉方術向人體內部「精氣神」的「內煉」上。由外丹轉向內丹，增加了神仙的道德內容，神奇色彩減少、人性卻增多了，終於帶來神仙意義的改變，這也意味著道教神仙思想從出世向入世轉化，修煉的目的從「長生不死」轉為「普度眾生」。〔註16〕由於道教金丹思想的演

〔註12〕　第二十四回，同第三章註3，頁117。
〔註13〕　不使用暗器，乃因其不屬於正道。參見《七劍十三俠》第三十三回、第一○七回。此外，不任意觸法的行為準則見於《仙俠五花劍》第十三回。
〔註14〕　林保淳〈從游俠、少俠、劍俠到義俠——中國古代俠義觀念的演變〉及〈唐代的劍俠與道教〉兩文。同第一章註25，同第一章註27。
〔註15〕　宋克夫：《宋明理學與章回小說》（武漢：武漢出版社，1995年），頁19～23。
〔註16〕　同第二章註86，頁427～499。

變，爲達到內煉目的，必須約束道士言行舉止，開始制定了嚴格的清規戒律。其中以全眞教爲代表。「『戒律』是道士們必須遵守的行爲準則，五戒中規定的不殺生、不偷盜，不邪淫，不妄語，不飲酒，是最基本的。」〔註17〕丘處機更是規戒成吉思汗減少殺戮，以清心寡欲之道，方是長生久視之法。在第二章，曾指出女俠復仇的嗜殺態度，其實是受到道教意欲斬斷恩愛牽絆的思想影響；隨著道教演變的過程，由外丹到內丹，三教合一也成爲普遍的主張，道德規範變成了基本戒律，其中也包括了戒殺。

職此之故，在文人刻意標榜新儒俠觀和道教神仙思想轉變雙重觀念驅使下，「劍俠」的俠義觀走向理性化，從氣義變爲正義、公義、仁義。同期的「劍俠小說」也呈現相近的轉化，雖然清代筆記小說仍不乏嗜血描寫，然而愈往後期，愈可窺知這種變化過程，如〈奚成章〉描述庶吉士陸以眞抓拿大盜奚鳳，奚鳳之兄「劍俠」奚龍（奚成章）夜探陸以眞府，與以眞呼酒共酌，談論甚歡，訂爲兄弟。奚龍雖爲奚鳳胞親，然能知曉大義，以爲其弟諸行不義，理應伏法，以社會公義爲原則，而不念私情，顯然與韋十一娘縱譚俠相似。〔註18〕至於〈書劍俠事〉中的葉氏子忿而責李氏子，說道：「我儕以義爲重，豈可盜官家物，使遭禍于他人，以遭天遣。」〔註19〕這種倡義爲重，免人遭禍的看法，與三鬟女子盜寶爲戲大相徑庭。

總之，從原始劍俠到「仙俠」，其形象遭變朝理性化過程，首先表現在嗜血性格減弱方面，這點可從英雄身分、俠盜分化，俠義觀正義化作爲輔證。

二、強調道德品格

另一個重要的改變爲強調「劍俠」必須具備道德品格。

（一）江湖世界的軌範

雖「仙俠」與英雄型劍俠分屬兩界，不過在劍仙型小說中，主要活動的場域仍是人間世，亦即江湖世界。此時有正邪兩派，而分判的關鍵在於道德性，《七劍十三俠》以余七（徐鴻儒）領銜的邪（妖）道，和以玄貞子、傀儡生領銜的正派均有高超法術（包括飛劍、五遁……等），兩者最大的差別即在道德修爲，例如《七劍十三俠》：

〔註17〕曾召南：《道教基礎知識》（四川：四川大學出版社，1998年），頁67。
〔註18〕同註1，頁321～322。
〔註19〕同註1，頁370。

> 羅季芳道：「這些妖法，怕他則甚？不過紙人紙馬罷了！只要殺上前
> 去，豈能傷人？常言道：『邪不勝正』，有何懼哉？」鳴皋道：「羅大
> 哥，你既知邪不勝正，妖法虛妄，亦知這個『正』字，頗不容易。
> 若非大聖大賢，誰人當得這『正』字，你我有何德行？卻能勝伏邪
> 妖？」〔註20〕

> 你道什麼「天兵」？就是那撒豆成兵的大法，以正用之謂之「天兵」。
> 那余半仙亦能撒豆成兵，以邪用之謂之「邪法」。〔註21〕

「邪不勝正」亦為後來《仙俠五花劍》眾仙打敗燕子飛之因。「劍俠」發展至
此，修習「劍術」的先決條件變成心術方正、為人忠信者；因此對於道德品
性的重視，已經成為後期轉變中，「劍俠」在江湖世界存亡必遵軌範。清同光
年間，許奉恩《里乘》〈劍俠〉也透露相同的訊息：

> 觀者咋舌失色，叩問何術。韋曰：「皆劍術也。彼所煉青氣為雌鋒，
> 是謂邪道；吾所煉白氣是雄鋒，是謂正道。雌不能勝雄，實邪不能
> 勝正。彼挾此術橫行江湖，已稱無敵，惟予足以克之。今既折斷，
> 已成廢物，為人除害不鮮也。〔註22〕

「邪不勝正」除了受俠義觀念納入儒教影響，此外，可能與當時社會滋生的
祕密會社有關。清中葉以來，江湖幫會興起、發展及膨脹，而江湖諸幫會制
定了嚴格的幫規，凡不孝父母、越禮反教、臨陣退縮、私造謠言、欺兄滅弟、
調戲兄嫂、引水帶線、貪財愛寶、私看內財、紅面視兄、不遵節制、酗酒行
凶等都要分別處以各類刑罰。〔註23〕丁治棠《仕隱齋涉筆》〈劍仙國〉有一段
正邪分判之說：

> 督詢國（筆者按：劍仙國）在何鄉，是何情狀，遠近幾許。剆曰：「去
> 中華數萬里，在東海島中，與三神山近，以金銀為城闕。中有劍王，
> 管領五大洲劍仙俠客。設有職司，憑功過為升降，能以劍術護國衛
> 民。如前之許遜、純陽輩，則憑功行，超登仙籍。至妖人野道，如
> 黃巾、白蓮教等類，藉術造孽者，或雷擊刑誅，俾受顯戮。賞罰功

〔註20〕同第三章註3，第五十六回，頁277。
〔註21〕同第三章註3，第六十九回，頁43～44。
〔註22〕許奉恩：《里乘》卷六，《筆記小說大觀正編》，同註2，頁2380～2381。
〔註23〕汪潤元：〈試論晚清江湖幫會組織特徵及演進軌跡〉（《河南師範大學學報》第
　　　　二十四卷第四期，1997年），頁52。

令，較朝廷尤森嚴。〔註24〕

劍仙國處分盜竊詔書的徒眾，乃是將其剁手叱出道外。此類嚴厲處分法，頗有洪門的影子。〔註25〕故參照「劍俠」在江湖世界的軌範，與同期「劍俠小說」重視集團成員的功過賞罰，皆嚴分正邪二道，甚至立下功令制裁違背者，恐怕源自清末秘密結社之風。

（二）忠孝德目的要求

對道德品格的強調，亦可從新俠義觀，要求「劍俠」必須「忠、孝、節、義」看出。特別是忠孝德目，更是明顯受到儒家影響。

首先是「孝」，最明顯的例子是焦大鵬兵解登仙後，猶返家傳宗接代，恪盡人倫。《七劍十三俠》第七十回〈約後會玄貞子回山，傳聖旨張太監遇盜〉，特別指出「想起劍術將成之時，各種魔障來試心，今日劍術已成，卻要回家生子，這是各有道理，並不自相矛盾的。」玄貞子言明理由就在「不孝有三，無後為大」。〔註26〕前文提過，焦大鵬幻境魔考，與杜子春鍛煉金丹相似。這種試煉的目的，欲借此斬絕情感牽繫、度脫成仙；然而焦大鵬故事的後段情節安排，正顯示儒家倫常軌範作用。甚至《仙俠五花劍》還標舉「孝俠」觀念，如第四回〈白素雲飛行絕跡，黃衫客來去無蹤〉：

> 紅線微笑道：「雖秦（應）龍造惡多端，殺之原不為過。但你欲成大
> 道，終須遍歷艱辛，不是為師的不肯助你此事，須你自己去走遍，
> 以全你一個孝俠之名。⋯⋯」〔註27〕

孝，原本就是儒家道德綱要中最基本的德目，所謂「孝弟也者，其為仁之本歟？」而且五倫便以父子倫為核心，其他的關係均由此擴充。子嗣的傳承更是中國人孝道中最重要的。《七劍十三俠》焦大鵬修成之前，必先去除貪嗔癡愛，目的在度脫凡體修煉成仙，顯然是受到道教影響。然而看淡情愛，應是在道教與佛教觀念融合後衍生出來的，因為在《抱朴子》中尚且以為修仙仍

〔註24〕同註1，頁440。

〔註25〕洪門的刑法分降、黜、輕、次、重、極刑六級。降和黜兩刑為降級或撤級，但不體罰。輕刑即用「紅棍」打40至80棍。次刑即「剮刀」，也就是江湖上常說的「三刀六個眼」，即自己挖個坑，內埋三把刀，刀尖朝上，對著刀尖跳下去，三把刀刺透身體，造成前後六個洞眼。重刑指沈河溺死，或挖坑活埋。極刑就是凌遲，以零刀切割致死。同註23，頁52。

〔註26〕同第三章註3，頁48～49。

〔註27〕同第三章註17，頁45。

可娶妻生子。〔註28〕

在道教發展過程中，金丹思想逐漸向內丹說轉化，道教內丹思想正是建立在三教合一說的基礎上，〔註29〕至南宋全眞道教，則只重內丹不修外丹。這種五代前後道教神仙思想的變化，事實上就是對前代思想的否定，最終帶來神仙意義的改變，而其後果之一，是與儒釋二教思想的融合。因此，唐宋之際道教神仙思想從出世向入世逐漸轉化，正反映這一歷史時期儒釋道三教合一的總趨勢。降至明清時代，三教歸一之論進一步深入社會，隨著儒學地位的不斷提高及釋道兩教的漸趨衰微，釋道中人更需要強調三教同源，和會儒學，以爲自存之策。譬如龍門派的王常月雖重彈全眞初期的「祖調」，教誡出家學道者須先「捨絕愛緣」，但要他們不忘報天地、日月、皇王、父母四恩，謂「愛要割，恩不可忘」，須孝父母，忠君王，盡人臣節。〔註30〕由此可知，焦大鵬成仙模式的前後矛盾，其實正是多家思想的匯通結果，既要修仙又要保全人世，既入世又出世。職此之故，「劍俠」形象塑造不僅與道教思想，包括方術、人生旨趣、宿命觀念等有關；同時，在另一方面，也與道教思想的發展變化，特別是神仙思想的轉化相符合，可見道教思想的發展亦與「劍俠」形象塑造相關。

其次，「劍俠」必須具備忠的德行。自「劍俠」分化爲兩種型態：「仙俠」和劍俠，兩者對名利的態度，雖因人生旨趣不同而有差異，但整體而言，晚清的俠客（包括「劍俠」）皆忠君愛國，即使〈劍仙國〉亦依功過升降，而「能以劍術護國衛民」。《七劍十三俠》中的「劍仙」玄貞子提出的俠義觀即「忠、孝、節、義」四德並重。不但是英雄型的劍俠隨輔清官，受皇誥賜封，縱然「仙俠」伏隱深山，尚且嫉惡除奸、公忠體國，以保護大明天下爲己任，最後功成之際，亦加封進爵：

> 慕容眞、徐慶、周湘帆、包行恭、王能、李武、楊小舫、伍天熊、
> 徐壽、狄洪道與羅季芳等，隨征有功，各著勤勞，實屬異常出力，
> 均著賞加總鎭；……焦大鵬救駕有功，既呈明不願爲官，著加恩給

〔註28〕《抱朴子》〈金丹〉云：「若未欲去世，且作地仙之士者，但齋戒白日矣。若求昇天，皆先斷穀一年乃服之也。若服半兩，則長生不死，萬害百毒不能傷之。可以畜妻子、居官秩，任意所欲，無所禁也。若復欲昇天者，乃可齋戒，更服一兩，使飛仙矣。」同第二章註62，頁115。

〔註29〕翁保光《悟眞篇》序言直接指出《悟眞篇》的思想來源於佛教的頓悟，並且由於能「窮理盡性以至於命」，才創作了這本道教的主要內丹書。可知道教內丹思想正是建立在三教合一說的基礎上。同第二章註86，頁492

〔註30〕同第二章註86，頁482～499，頁719～722。

封號，可爲『護駕陸地眞人』……玄貞子可封爲『護國神武眞人』；
海鷗子、一塵子、飛雲子、山中子、默存子可封爲『保國眞人』；霓
裳子可封爲『衛國女眞人』；傀儡生可封爲『神武大法師』；凌雲生、
臥雲生、一瓢生、獨孤生、雲陽生、河海生、自全生、夢覺生、羅
浮生、漱石生、鶴寄生皆封爲『威武大法師』。〔註31〕

前文已指出，「劍俠」人物塑造與道教及其發展有密切關連，亦即其形象的轉變
與道教發展亦相關。早在金元之時，全眞道對倫理綱常十分重視，置忠孝於修
行首位。《重陽眞人金關玉鎖訣》以「忠君王，孝順父母師資」爲修眞的前提。
〔註32〕至明清時代，內丹諸家雖仍承襲內丹之學，勸人斷捨愛緣，看淡功名富
貴，卻也都肯定儒學倫理觀，強調忠孝的實踐，調和出世與入世。這是明清道
教內丹思想的共同特點，高唱三教合一，表現出世俗化的趨勢。

（三）修煉戒律的重視

修成「仙俠」的戒律，大體可分爲六方面：即戒淫、戒殺、戒不忠不孝、
戒助惡爲非、戒偷盜銀錢、戒報私仇、戒爲善出名。相較於原始造型，主要
區別在道德標準提高，如忠孝的重視、戒盜、戒淫、戒殺，以及正義公義化，
從個人氣義的發舒到群體福祉的考量等。至於戒盜，已於俠與盜分化中論及，
戒嗜殺與忠孝德目的要求也詳於前文。此處主要討論有關戒淫和爲善不居。

「仙俠」禁欲，目的在防止引誘，主要是男女之慾。基於修仙，「富貴功
名，貪嗔癡愛，皆是魔障。若將此纏繞在心，不能看破，劍術就不得成了。」
〔註33〕所以飛雲子告誡竇慶喜「談道術者，第一是要戒淫」。〔註34〕

道教養生術原本包涵房中術，所謂房中術也稱男女合氣術，其特色在通
過房事調諧以養生。房中家認爲，男女交合，可通用某些技巧與行氣導引配
合，從而達到還精補腦的養生目的。隨道教創立，房中術也被納入龐雜的修
煉系統中。東晉時期，葛洪集前人理論和經驗，從保精貴生的地位，奠定了
房中術理論基礎。其後齊梁間陶弘景的《養性延命錄》、孫思邈《備急千金要
方》都輯錄有關房中微旨。可見道教原本並不主張絕欲、禁欲。〔註35〕由於

〔註31〕同第三章註3，第一八〇回，下卷，頁248～249。
〔註32〕王重陽：《重陽眞人金關玉鎖訣》，收入《正統道藏》，同第二章註100，太平
　　　　部・交。
〔註33〕同第三章註3，第六十五回，頁23。
〔註34〕同第三章註3，第六十四回，頁18。
〔註35〕葛洪反對禁欲主義。《抱朴子》內篇卷五〈至理〉篇：「服藥雖爲長生之本，

後來一些妖妄之徒以修房中術爲名，恣情縱欲，使房中術流於淫蕩猥藝之術，因此金元金眞道便走向禁欲的主張，斥房中術爲邪術，力主禁欲，嚴格要求道徒出家住觀。〔註36〕

「仙俠」戒淫，並非絕對禁欲觀，也就是說旨在戒淫佚，包括姦淫婦女及非禮的色慾，例如徐鳴皋爲夜叉所惑，竇慶喜險些被蘇月娥引誘喪生。所以「仙俠」的戒淫觀著眼於色之爲禍，在亂在貪；若能不迷陷其中，修成仙道之後，仍可回家生子，如焦大鵬即屬於此。另一方面，至《仙俠五花劍》，還有男女雙修亦無礙修仙（文雲龍、薛飛霞），反而相得益彰，精進神速，凡此皆說明其所戒在於淫亂放縱，不知節宣。

值得注意的是，全眞道絕對禁欲，雖是道教戒律開始受到重視極重要的一環；不過，內丹派修習自始即有兩系：張伯端一系，主張一己清修，爲南宗嫡派；另一系主男女雙修，始於兩宋劉永年。甚至東派的陸西星在修煉理論上即強調性命雙修、陰陽雙修、南北雙修，反對不婚不宦，獨修清靜。〔註37〕因此，「劍俠小說」亦反映不同道派歧異的主張均被民間吸納。

在爲善方面，在三教合一的思潮下，道教思想開始產生質變，由於融會儒家的基本德目要求，致使調和入世與出世，反映在「劍俠」形象塑造上，即是兼顧成仙與人倫。同時，在三教合一總趨勢下，明清道教世俗化，進而與祕密宗教和迷信風氣結合，在社會生活中產生廣泛的影響。功過格、勸善書的出現正是表現此種影響。〔註38〕「劍仙」對爲善成仙的主張，亦可證明轉變過程凸出道德品格的重要性，可能與道教世俗化有關。例如《七劍十三

若能兼行氣者，其益甚速。若不能得藥，但行氣而盡其理者，亦得數百歲。然又宜知房中之術，所以爾者，不知陰陽之術，屢爲勞損，則行氣難得力也。」同第二章註62，頁142。又內篇卷六〈微旨〉篇亦云：「夫陰陽之術，高可以治小疾，次可以免虛耗而已。其理自有極，安能致神仙而卻禍福乎？人不可以陰陽不交，坐致疾患。若欲縱情恣欲，不能節宣，則伐年命。善其術者，則能卻走馬以補腦，還陰丹以朱腸，采玉液於金池，引三五於華梁，令人老有美色，終其所稟之天年。同第二章註62，頁171。

〔註36〕蓋建民：〈道教房中術的性醫學思想及現代價值〉，《中華大道——道教文化系列（一）》（台北：中華道統出版社，1996年），頁103～123。

〔註37〕徐兆仁：《道教與超越》（北京：中國華僑出版公司，1991年），頁340～355。

〔註38〕依任繼愈《中國道教史》，明清時代，道教多神崇拜、內丹煉養及立善積功觀念深入民間，與儒釋通俗之說、民間傳統宗教、迷信觀念混融，對生活有相當深刻的影響。主要表現在四方面：（1）多神崇拜（2）扶乩與勸善書的盛行（3）俗文學的道教觀念（4）民間宗教的勃興。同第二章註86，頁732～734。

俠》第二回、《仙俠五花劍》第四回：

> 只因欲成仙道，須行一千三百善事……所以修仙之道，或煉黃白之
> 丹，點鐵成金，將來濟世。或煉劍丸之術，鋤惡扶良，救人危急，
> 皆是要行善事，先立神仙根基。〔註39〕

> 何況古人說得好，欲求天仙者，當立一千三百善。欲求地仙者，當
> 立三百善，你今爲國誅奸，爲民除害，爲父母兄弟復仇，極是一椿
> 大功。〔註40〕

「劍仙」故事，受功過格影響，〈劍仙國〉爲顯例：

> 剗曰：「去中華數萬里，在東海島中，與三神山近，以金銀爲城闕。
> 中有劍王，管領五大洲劍仙俠客。設有職司，憑功過爲升降，能以
> 劍術護國衛民。如前之許遜、純陽葦，則憑功行，超登仙籍。至妖
> 人野道，如黃巾、白蓮等類，藉術造孽者，或雷擊刑誅，俾受顯戮。
> 〔註41〕

明清時代新勸善書問世，將佛道戒律和儒家倫理揉合，勸人行善積德。道士
們還製作大量的《功過格》，把勸善主張具體化，列爲條文，對人們言行都予
以量化，分爲「功格」與「過律」，以壽命增減來計算，要長壽就得做善事，
行功格。〔註42〕這種觀念，隨道教世俗化，從而普及百姓，滲透世人觀念之
中。此種時代整體風氣，與「劍俠」變型強調道德品格一致。

　　綜上所言，幫派文化提倡道德倫理，俠義觀念逐漸納入儒教規範，三教
合一的思想背景，道教本身神仙形象的轉變，以及明清勸善書、功過格的盛
行，均凸顯道德重要性；加以「劍俠」本身易使人們產生懼怖心理，勢必使
形象轉向理性化，嗜血性格開始弱化，「劍俠」和「義俠」的差異縮小，「劍
俠」也愈來愈接近頂天立地的「大俠」，開始向正義化身看齊。

第二節　俠客仙性的提升

　　「劍俠」形象轉變第二個特點是凸顯仙性。關於此，主要表現在修仙象
徵最高境界和神化道術運用兩方面。

〔註39〕同第三章註3，頁5。
〔註40〕同第三章註17，頁45。
〔註41〕同註1，頁440～441。
〔註42〕同第三章註14，頁337。

一、俠客境界的昇化

　　「仙俠」代表「劍俠」的最高境界，揭示了「得道成仙」的終極目標。對修仙的企慕，以及修習「劍術」要能飛升昇仙，均說明了後期形象中仙性增加。後期「劍俠小說」開始標舉「劍俠」的境界層次，詳述劍術修煉的歷程，修習的磨難，修習的途徑和方式。凸顯仙性的重要性，俠客的境界也隨之昇化，從劍客變成仙真，從凡胎臻於神仙（包括人仙與天仙）。另一方面，道教的重要性也越加明顯，如脫胎換骨的修習歷程中，劍術修為的內功化。由於內功源於拳家在長期實踐中，普遍接受以道教氣法主體的內煉理論和方法體系，並在此基礎上加以改造變化，使之適應武術的特定需要和特點，由此便發展出「內功」。〔註43〕職此之故，從俠客最高境界、「劍術」修煉過程、「劍術」內功化等表現，一方面凸顯了「劍俠」形象轉變中增添仙性，一方面也反映了一定程度的道教思想，尤其是內丹煉養。關於此，正好也與道教轉變中，內丹漸居主導地位的變化相應。

二、俠客道術運用的神化

　　「劍術」玄妙是「劍俠」的主要標誌，在形象轉變過程亦未喪失。前已提及，法術表現為「仙俠」超越早期劍俠之處。「劍術」技藝本與道教方術相關，而法術運用亦多引鑑道教法術。此外，晚清「劍俠小說」復甦，並且在形象變化上躍進，或與當時宗教環境發展相關。明清道教世俗化的影響，道教與民間傳統宗教，迷信觀念進一步融合；同時，清初中興後的全真龍門派，道士中頗有苦修、煉養有素而以高壽、氣功、異能著稱者，如王常月、陶靖庵等一批有影響力高道。雲南一帶，還有一稱為「龍門西竺心宗」的特殊教派，該派以誦咒為行，以炫耀神通為特點，其徒多為行跡詭異、身挾絕技的江湖奇人。〔註44〕這時期正一道的各種符籙經咒，驅鬼請神之術日益流行民間，淫祀風氣盛行，勸善書廣布民間，各種祕密民間宗教在社會傳播。〔註45〕凡此與「仙俠」日趨神化的法術表現同調；再加上此型小說原本特質的進一

〔註43〕道士和拳家們在道教傳統煉養術基礎上，按武術的特定要求，創造了內功。內功體系雛形代表為少林《易筋經》。從清中葉以後，包括少林派在內的各家武術內功，均主要以道教內丹為主要理論和方法。詳見該書第六章。郝勤：《道教與武術》（台北：文津出版社，1997年），頁226～255。

〔註44〕同第二章註86，頁713～714，頁717～718。

〔註45〕同第三章註14，頁330～337。

步發揮，致使俠客道術更加神化，因此「劍俠」由原本的異人晉升為仙人，「劍術」運用也更神化，更超常與超現實。

　　最後必須說明的是，「仙」與「俠」二個概念似乎存在某種矛盾的情況。大抵上，「仙」偏向逍遙隱遯，追求長生不老，超越塵濁；俠則馳騖於閭閻，甚至「歷史之俠」更是聚眾賓客，即如原始劍俠獨來獨往，也鮮少以棲心物外、淡泊功名為人生旨趣。簡言之，「仙」較傾向出世，「俠」較傾向入世。這點人物內在衝突，具現在「仙俠」身上，是如何達到消解的呢？小說主要透過轉換修仙途徑來解決，也就是開闢新的成仙途徑。依《七劍十三俠》第六十四回〈飛雲子名言勸世，玄貞子妙術傳徒〉：

> 但現在他（徐鳴皋）專心為國家出力，剿除叛逆，亦是功德、與學
> 道無二。事成之後，享受功名富貴，後來仍可成仙。你亦要記我今
> 日之言，終身行善，將來受過功名富貴，亦可學道成仙了。〔註46〕

因此，求仙的大方向未變，只是擴充了成仙的方式，積善行德與學道修煉都可以羽化登仙。《七劍十三俠》焦大鵬的成仙方式為箇中代表。他藉由兵解超越肉體限制，昇化精神境界；同時，為國出力，成家生子，仙道與人道兩者並行不廢。調合不同思想的問題，不僅是道教必須面對的重要課題，應該也是長期中國人所面臨的問題，「仙俠」的誕生，不僅是各種思想匯通的結果，其實「仙」的觀念原本就不是完全離世，依曾召南《道教基礎知識》：

> 「仙」與「神」是不同的。「仙」由人修行「得道」而成，是其最大
> 特點。李養正先生在《道教概述》中談到「仙與神有所不同，大抵
> 天神是執政管事的，如人間帝王和下屬官吏；仙則是不管事的散淡
> 人，猶如人間名士和富貴者的；神都有帝王的『誥封』，享受祭祀，
> 仙則大都由『得道』而成，並不一定得到祭祀。仙有天仙、地仙、
> 散仙之分。天仙可能為天神，地仙則只在人間，散仙則天上人間飄
> 忽不定。」〔註47〕

「由人修道而成」是「仙」最大的特點。道教雜而多端，最初發展之時，共同點即追求度脫生死。道教和佛教不同，不以離苦為要，也不嚮往彼岸，胡孚琛曾指出魏晉神仙道教的特點就是「長生久視」：

> 魏晉神仙道教中的「地仙」生活是士族名士生活在神仙世界裡的延

〔註46〕同第三章註3，頁19。
〔註47〕同註17，頁233～234。

伸，這說明神仙道教本身就是士族道教，是魏晉豪門士族的生活願
望在宗教界的投影。……葛洪公然承認神仙道教修煉長生之術的目
的源於對現實世界幸福生活的追求。……魏晉神仙道教用逍遙於世
間的「地仙」的神仙境界，解決了世族名流既貪戀世俗又想修道成
仙的矛盾。〔註48〕

「仙」本身的觀念，和道教的性質，特別是成立之初的宗旨，提供了可以擴
充和融會其他思想，尤其是一些入世欲望的空間，因爲它終極的目標就在現
世的幸福上。那麼，後期「仙俠」修煉的新模式，如焦大鵬，就相當尸解成
「仙俠」跨越世俗貪戀與修仙夢想的鴻溝。

第三節　從行俠仗義到行俠助義──俠與朝廷對峙關係的消解

此處所指的「對峙」情況，並非說明兩者（俠與朝廷）在早期「劍俠小
說」中是彼此敵對的兩方，而是指兩者之間存在一種衝突關係。因爲早期劍
俠，或爲盜賊，或逐鹿中原，或爲刺客，或爲報私仇者，本質上皆與當權者
及法律抵觸；兩者即使不正面對立，也潛藏緊張關係。即使只是道士或隱士，
也常不拘禮法，儼然有一套自我行爲法則，非法所能拘管，例如蘭陵老人於
曲江觀看祈雨，見京兆尹黎幹猶植杖不避，顯然不以國家法制爲依歸。總之，
晚清「劍俠」，尤其是分化後相對「仙俠」的英雄型人物，其行義的方式，則
由行俠仗義（氣義，可能偶合正義）變爲行俠助義。後者「義」的內涵，擴
充爲正義、忠義。最大的改變在於，快意恩仇蛻變成忠義兩全。

關於此，《七劍十三俠》「仙俠」提倡新俠義精神可佐證，亦可從故事結
構來談。首先是輔弼清官剿逆叛賊。魯迅《中國小說史略》曾說道：

凡此流著作，雖意在敘勇俠之士，遊行村市，安良除暴，爲國立功，
而必以一名臣大吏爲中樞，以總領一切豪俊，其在《三俠五義》者
曰包拯。〔註49〕

「清官心態正是『官本位意識』的顯現，因俠雖能除暴安良，但畢竟『以武
犯禁』，與正統社會相對抗，爲正統文化所不容，所以當武俠受正統社會限禁

〔註48〕同第二章註58，頁79，頁164。
〔註49〕同第一章註33，頁252。

鞭長莫及時，清廉的官吏在為國為皇權盡忠的前提下，或多或少剪惡安良，成義俠的一種補充。」〔註50〕俠客行俠助義，實際上有確保行義必然性的作用。在合法的大前題上，清官的角色致使俠客可以明正言順的誅殺惡賊、打報不平。〔註51〕筆者認為，投靠清官亦可加強行義的正當性與必然性；在清官的掩護下，正義的伸張變為可長可久，不必時時躲避朝廷捉拿，擺脫隨時可能死於非命的窘況。

其次，大量鋪寫戰爭場面，目的在對抗奸臣、逆賊、或土寇豪霸。這類場景的設計，與清官相同，都在於烘托一個忠義兩全的俠客典型。在戰場上奮勇殺敵，以一擋百的豪傑氣概，亦使原始嗜血的欲望得以在合於法制下發抒，強化了正面英雄形象，弱化了嗜殺恐怖成分。

關於正邪之分方面，儘管判準在於道德性上，然而，正邪兩方輔佐的對象亦關係著二派的分化，亦即正派也包涵某種意義上的「正當性」。這點可從白蓮教被塑造成「邪」派領袖與其輔佐對象是逆臣窺知。元末彭瑩玉、韓山童、劉福通等利用白蓮教發動反元大起義，朱元璋即以此為基礎建立明朝。但從洪武立國開始，都對白蓮教中採取嚴厲取締和鎮壓措施。降至清代，亦對「邪教」強力鎮壓，白蓮教之名已成為反叛的代名詞。〔註52〕

依此而言，白蓮教之所以成「邪教」，並非出自本身教團腐化、教儀妖妄的問題，實因其代表反叛勢力的威脅。《七劍十三俠》雖極力醜化叛臣宸濠、賓藩，將其塑造成倒行逆施、魚肉百姓、欺陵婦女的惡霸，強調其行止不端又心懷不軌，甚且其徒眾無不仗勢欺人，所以亂臣賊子，人人得誅。然而，倘使武宗聽信讒言，親近小人也是一時受到賊臣迷惑，至於皇帝本身自始至終都是英明神武，書中未嘗責難皇帝昏昧。由此觀之，正邪之分不僅有道德前提，也與俠客和朝廷的即離關係相關，例如：余玉英終能回歸統治者的陣營，因此不失為棄邪反正的女中豪傑。

綜上所言，依「劍俠」形象的轉變，主要現象可分為三點：理性化的傾向、仙性的凸顯、與朝廷對峙關係的消解。

（一）理性化的傾向又可依兩方面來說，即嗜血性格的弱化和道德品格

〔註50〕荊學義：〈晚清武俠公案小說與武俠文化〉（《內蒙古大學學報》，1991年）。
〔註51〕許多學者以為，俠投靠清官的模式，是一種墮落，陳平原則指出這種行為也具有現實抉擇的考量，與其看作是被封建統治者收編的墮落舉動，實則是一種俠客避免浪跡天涯的自我救贖。同第一章註14，頁85～88。
〔註52〕同第三章註14，頁338。

的強調。嗜血性格減弱則表現在英雄型人物的出現、俠盜分化等；從江湖世界的軌範、忠孝德目的重視、修煉戒律三方面，可見「劍俠」道德品格被加以強調。凡此多與儒教的觀念和道教發展中三教合一的轉變有關。

（二）凸顯「劍俠」的仙性特質，主要表現在最高境界為超凡登仙，以及道術運用的神化、法術化兩方面。這部分顯示道教在晚期塑像上依然具有關連性，同時道教在「劍俠小說」的重要性愈來愈明顯。

（三）至於行俠助義的轉變模式，則表現在情節結構上的安排，包括追輔清官、正邪對立兩方面。

　　總體而言，凡此均與當時時代背景的氛圍有關，諸如三教合一、祕密宗教、崇尚鬼神風氣與幫派文化，特別與儒道二家思想相應。其中道教的神仙思想、法術運用，和其思想的發展變化，以及俠義觀念受儒家思想，尤其是經簡化後的倫理教化的影響，均是「劍俠」形象轉化的關鍵。簡言之，「劍俠」形象轉變過程，思想轉變（尤其是宗教觀念）有著不可忽視的重要性，此種關連也是「劍俠」散發特異的神祕色彩之主因。當然文學有其自身的發展，亦不必與思想亦步亦趨。然而一旦一種思想的價值普遍被民間吸收，其價值體系又被作者認知，左右著作者的創作過程，並進入文學的載體，則不能排除其間的關連。誠如理查德‧霍加特〈當代文學研究：文學與社會研究的一種途徑〉指出：

> 一些批評家繼續堅決認為，一部文學作品是一個獨立自足的人工產品。這使我們想到，一部作品的「連貫一致的世界」首先是其自身，而不是用於其他目的的什麼東西。它強調每部作品的特異性，強調某種觀念，在這種觀念看來，藝術是一種自由的、純粹的活動。主張藝術是獨立自足的，這種主張有某種啟發價值，在過去幾十年中，這種主張咄咄逼人，並使我們對文學有了更敏銳的理解。但是，從本質上說，這是一種有局限性和錯誤的主張。一部藝術作品，無論他如何拒絕或忽視其社會，但總是深深地根植於社會之中的。它有其大量的文化意義，因而並不存在「自在的藝術作品」那樣的東西。〔註53〕

〔註53〕 同第二章註 95，頁 37。又此種觀念可參照宋克夫《宋明理學與章回小說》，他指出同樣作為「人學」，哲學與文學這兩種同一質地的不同樣式如何聯絡。

因此，雖不能直指小說形象塑造為某種思想的直接反射、變型，但仍可由整體時空環境的變化，說明小說人物形象與其觀念具有一致性，從「劍俠小說」小說人物的身分、作者的思想背景均與道教相關，就說明了「劍俠」形塑與道教思想有關。由於「劍俠」形象變化與道教發展的相呼應，也存在一定程度的關連，而這種發展趨向，主要導源於三教合一的背景，又間接證明了其與儒家思想的關連。因為道教由出世到入世，除了受外丹思想本身的局限性影響，一方面也因為因應明清儒家思想的強勢影響，故促使道教進一步調和匯會儒教的思想。再加上古代俠義觀念的演變，俠客最後造型——「義俠」的理性化，原本即受儒家思想影響，故研究古典小說中「劍俠」形象的轉變，形象塑造與儒道思想之相關性應列為考察重要參考方向。

本段頗受此文啟發。同註15，頁3～5。又《文藝學美學方法論》指出，所謂社會歷史研究法是一種按照社會、文化、歷史背景去解釋文學活動的文學研究法，此派即主張作品是由作家創作出來的，作家總是處於一定的社會歷史環境，因而作品總會或多或少地、自覺不自覺的打上這個社會歷史環境的印記。胡經之、王岳川：《文藝學美學方法論》(北京：北京大學出版社，1994)，頁24。

第五章　結　論

　　本章主要分爲二節，第一部分，總結本論文所呈現的諸文學現象，亦即古典小說中「劍俠」形象的轉變，主要是比較從早期劍俠和「仙俠」出現後，其形象塑造上的差異，並試圖爲形象轉化過程提出解釋。此外，在描述和解釋上述文學現象的同時，歸納研究成果。在第二部分，說明研究的展望，包括本論文尙未能處理之相關問題，以及後續研究可能發展之方向。在研究成果方面，除了說明本論文的觀察與發現，並嘗試指出此成果值得重視的現象與特殊意義所在。

第一節　研究成果

　　在展開論述之前，應指出本論文研究對象爲古典小說中的「劍俠」，重點落在形象變化，著眼於此種類型人物變化，實則關係「劍俠小說」其他方面，包括情節，主題等；同時新造型出現，也與「劍俠小說」發展變化，和古代俠義觀念的演變等問題相關。另外，從原始造型到「仙俠」崛起，並非全面性轉化，亦即在新觀念與新造型出現之後，仍存在承襲原始形象的小說，它們之所以並未納入主要的討論，只在相關議題中補述，乃是基於其間的變化不大，並未呈現新的看法。更重要的是，必須了解新觀念，主要受到其新外在因素加入而改造了原始造型，但諸文學現象反映的新轉變和新觀點，並不具有籠罩性，僅能視爲有新的形象與主張萌生，不應當作「劍俠」已完全質變，與早期判然二分。

　　歸納上述諸章研究，此處將分就「劍俠」與道教、「劍俠」與儒家、「劍俠」的特殊性三方面進行說明與解釋。提及文學現象與思想宗教之相關性，著眼在文本反映兩者諸多的關連；兩者的相似性和時代背景的相應配合，爲

其並置討論之基礎。

一、「劍俠」與道教

「劍俠」與道教關係，曾有數位學者注意，[註1]筆者以為不僅早期劍俠如此，實則從原始造型到「仙俠」的形塑，都與道教思想有關。茲分兩部分加以討論：

首先證成「『劍俠』與道教相關」的命題，有四方面：

（一）「劍俠小說」作者（包括編著者）與道教的關係。根據第二章，諸如〈虯髯客傳〉作者杜光庭、《傳奇》編者裴鉶，或具道士身分，或受道教思想薰陶，均顯示與道教無法割裂之關係。此外，如〈仙俠五花劍序〉，狎鷗子曾云：「神仙、任俠兩傳合成男女英雄」，[註2]已明指該書意在以神仙、任俠合傳。神仙之說本為道教修道理想，因此，可見編作者和道教的關連性。

（二）小說常見模式與道教相關。依原始劍俠用藥術、幻術（隱形變化術）、前知術、飛行術、神行術均與道教方術相仿；其決絕斷情的復仇，以及超然物外、淡泊清靜的最後歸宿亦與道教人生哲學相呼應。後期「仙俠」的法術表現，包括五遁法、草豆法、袖內乾坤均屬道教方術；而飛劍術（吹劍法）、龜息法更需要相當的內功修為；事實上，內功和點穴術本源於道教。[註3]以修道成仙為最高境界更顯現了「劍俠」形象塑造與道教有關。

（三）小說人物身分與道流的關連性。原始造型流連道門之間，例如虯髯客、李勝、丁秀才都與道士交往，〈盧生〉、〈乖崖劍術〉則受業於道教中人。紅線女道者裝束，〈郭倫觀燈〉是青衣角巾的道人。至後期多直接以道士、道

[註1] 林保淳〈唐代的劍俠與道教〉〈從遊俠、少俠、劍俠到義俠—古代俠義觀念的演變〉二文，和龔鵬程《大俠》中〈唐代的俠與劍俠〉、〈唐代俠與劍俠在文化史上的意義〉，以及崔奉源《中國古典短篇俠義小說研究》第六章〈俠義小說所受宗教的影響〉等均曾提出相似的主張。上述諸位，大致著眼在唐代劍俠，本文則進一步指出整體「劍俠」形象塑造及發展均與道教密切相關。

[註2] 狎鷗子：〈仙俠五花劍序〉，《仙俠五花劍》，同第三章註17，P.1。

[註3] 中國武術史上內功和點穴術的出現具有革命意義，而兩者都源自道教。首先運用點穴技法，正是以張三豐為祖師的內家拳。內家拳即將道家與道教義理，如以靜制動和丹理，如「銅人圖法」一類氣脈經脈理論引入技藝。至於點穴法完全來自內丹、存思、守一等道教煉養醫學的認識基礎；內功則是拳家普遍接受以道教氣法主體的內煉理論和方法體系而加以改造變化而成。同第四章註43，頁215～255。

姑相稱，例如《仙俠五花劍》。而《七劍十三俠》「仙俠」多著道袍，如海鷗子即以全真道士模樣行走江湖。而分化後的英雄型劍俠，多拜道士爲師。

（四）人物塑造反映道教思想。可分二點而言，首先，終極理想與道教人生觀相同。早期劍俠的最後歸宿，多是不知去向，隱居塵世、不慕名利，例如紅線女；後期承襲之，「仙俠」的修煉過程，更看淡人世價值，包括功名富貴與貪嗔癡愛，進一步向仙性轉化。其人生最高境界皆傾向注重休息養生與得道成仙，與嚮往長生久視、羽化登仙的道教人生哲學相應。其次，「劍術」運用與後期法術表現，頗借用道教方術引申，使之登峰造極，詭奇多變。

無論作者背景、小說人物塑造、情節模式，皆透露兩者關係匪淺，由此可見「劍俠」塑造的確與道教文化關係密切。換言之，道教的人生哲學、方術的觀念在「劍俠」形塑上有一定程度的重要性。

另一方面，道教發展與「劍俠」形象塑造具一致性。所謂道教的發展主要指金丹思想轉變伴隨而來的神仙思想轉化，以及三教合一趨勢下世俗化的傾向。道教由外丹向內丹轉化，同時也影響了神仙思想的轉變。此種轉變即是成仙理想，由長生不死變爲度世濟人；簡言之，大體由出世而入世。形象發展到「仙俠」，重要變化爲仙性的凸顯，然而，雖脫離凡體，其神祕性卻相形減低。這點當然有許多不同方面的影響，古代俠義觀念轉變是原因之一（即俠客理性化），另外，道教世俗化趨勢，則可視爲原因之二。晚期雖以「仙俠」爲最高境界，但其與英雄型劍俠均以匡正風俗，國家興亡爲己任。即使是「仙俠」，也關心秦檜禍國，天下不平。此外，「仙俠」固然功成不居，也接受忠孝德目規範，此與明清道教發展情況一致。關鍵在三教合一的時代氛圍，而道教與儒家觀念的進一步融合，亦即儒家的影響滲透，爲道教的轉變之因，也與「劍俠」形象變化相同。

職此之故，不僅道教與「劍俠」形塑有關，而且道教的發展，特別是神仙觀念的轉變與世俗化的傾向，也與「劍俠」形象變化有關。

二、「劍俠」與儒家

儒家觀念影響形象轉化，最明顯爲日趨理性化。此理性化過程，並非只存在於「劍俠」的形象變化，也就是說，古代俠義觀念演變即漸趨正義、公義，理性化爲俠形象變化的總趨向。（包括其他類型的俠客）儒家觀念的規範作用，增加了「劍俠」的道德性，最被強化的是忠與孝，前者使儒與朝廷關

係改變,因爲對峙消解的基礎就在於對忠的提倡;同時,「不孝有三,無後爲大」的儒教倫理,也促使修成「劍術」之後,猶須傳宗接代。此外,既然要求「劍俠」向理性轉向,因此嗜血性格就相形減輕,而嗜血性格內在原動力之氣義表現,也因道德性提高而被約制。

另一方面,由於道教視情愛爲毒瘤,致使早期劍俠在遠颺之後猶殺子斷念。這種無情的表現,也因道教吸收儒家思想產生變化;後期道教衍生戒律,首先就提倡戒殺。因此,這種殺子模式,也就從形象上消失。這固然爲道教轉變和「劍俠」形變相關的證明,然重點在於儒家觀念滲透。

總之,三教合一爲明清思潮總趨勢,由於背景因素很難直接證明小說創造受影響,尤其是個別的影響成分及影響的程度,因此只能就其相似性,指出道教觀念融合儒釋兩家與小說人物形象變化互相一致。此外,應注意晚清特殊時代背景亦與「劍俠小說」變化息息相關,例如幫派文化、祕密宗教和相信鬼神的風尚。後三者均受道教世俗化影響,可知道教在形塑及其變化具有不可忽視的重要性,然上述諸文學現象和其變化的過程,乃是多種觀念揉雜而成。本論文雖偏重在文學外部的探討,但並非否定此型俠客小說本身的變化;是故,魏晉南北朝劍鏡傳說、明清公案型的俠義小說(例如《三俠五義》、《七俠五義》)以及神魔小說與「劍俠小說」的關係仍待研究者進一步釐清。

三、「劍俠」與佛教

早期劍俠的「劍術」傳承,除了來自於道士外,則是尼僧。例如:〈聶隱娘〉和〈許寂〉。但發展至「仙俠」,身分基本上以道士道姑爲主,而《七劍十三俠》中的非非和尚、銀銅頭陀等,都屬於邪派人物。這點和早期劍俠略有分別,儘管聶隱娘的師父強擄幼兒、冷酷無情,不過嗜血性格本爲原始造型共同點;何況,〈韋洵美〉寺中行者,尚且打抱不平、濟弱扶傾。因此早期屬於僧侶身份的「劍俠」,並不視爲反面人物。但後期故事中,此類人物已不再歸入「劍俠」中人,而變成對立面的妖邪;特別是相對於具有道士身份的「仙俠」,兩者均具有高超法術,此類尼僧卻變成主要對抗者,也是行俠仗義中極大阻礙。僧侶之流由正到反的過程,或許與佛道兩家思想在「劍俠」形塑之重要性互有消長有關。

四、「劍俠」的特殊性

作爲一種特殊的俠客範型,「劍俠」與其他俠客主要區別在嗜血性格和「劍

術」、「法術」兩方面。

（一）嗜血性格

此特質在早期劍俠身上較顯著，隨理性化過程開始弱化。這種任憑氣義與個人標準的殘殺行為，保留相當程度的歷史俠客原貌，可見早期俠義觀念尚未受文人、小說再詮釋而產生全面改造。所謂「嗜血性格」，是「劍俠」殺人動機依主觀好惡，不僅動輒任意殺人，還「習得性食人」（例如：食人首級）。此種形象凸顯原始造型非理性的成分，亦顯示俠義觀念中「義」內涵的變動性，早期行為準則往往以個人認定的正當性為依歸；另一方面，由此亦可證明「大俠」形象是後起的，「劍俠」的嗜血性格正是其強烈的對比。

此外，嗜血性格的弱化可以看出「大俠神話」正逐步完成當中。後期英雄人物登場，其發展朝兩方面分化，一方面「仙俠」崛起，使「劍俠小說」神仙色彩增加，越來越趨於「非現實」；更重要的是，英雄型劍俠漸漸向「義俠」靠攏，理性化、正義化、忠義化的過程，愈來愈接近頂天立地的「大俠」。

（二）「劍術」與「法術」運用

「劍術」是「劍俠」的必要構成因素，也是與其他俠客的殊異處。此種必要條件，隨「仙俠」出現，終於走向出神入化。在〈聶隱娘〉中已見端倪，發展至「仙俠」，不僅飛劍殺人、隱淪無形，更可扭轉乾坤、昇天遁地。後來「劍術」不再只是單純的武藝，甚至是修仙的途徑和必經過程。此外，飛劍之術發展出傳遞訊息、劍光護體等附屬功能，與後期脫去凡身的變化有關。因為仙人不同肉身，自然可以自由變換，化不可能為可能。這部分是「劍俠」受道教影響最明顯的痕跡，可由許多法術源自道教方術加以證明。並且，「劍術」、「法術」的運用，亦為與其他類型的俠客的差別相，可說是「劍俠」殊勝處。

五、形象轉變所呈現的主題

從原始劍俠到仙俠，經過了一次大整合，亦即曾經於小說中出現的「劍俠」統合在一起出現，《仙俠五花劍》為代表作。但這些同名「劍俠」，形象卻經過變造，而其主要的轉變可以反映出幾個重要的主題，以下分述之：

（一）情

原始劍俠絕情之至，令人印象深刻，殺子斷首以臻斷緣之境，又與復仇

有關，顯見「劍俠」的決絕；其「報」的程度之深之重，更超越常情。他們報恩可以爲知己死，報仇更傾畢生精力，最後不惜殺子。這種崖岸斬絕之行，卻恰好是「劍俠」魅力所在。所謂「絕」，實則爲一種超乎尋常的舉動，或一種極端強烈的情緒，非常接近人類原始盲動的一種熱情（Passion）；比平常人更強烈更衝動，也更具有實踐力。但又和文明社會抵觸，他們使人產生一部份恐懼的心理，也同樣喚醒人類潛意識中意氣血性的一面，這可能也是他之所以仍被認同的原因。後來武俠小說中亦正亦邪的角色，常是最讀者喜歡的角色，例如黃藥師、黃蓉、楊過，均具有超乎常情的情感表達，雖然表現「絕」的方式不同，但是都是以個人所認同的一種姿態存在；然而他們都同樣被讀者所接受，甚至具有一種形象的美感，恐怕是讀者心中常人所不能爲的「絕」，正滿足了大眾潛意識裡的渴望。

　　和其它俠客免不了俠骨「柔情」不同，「情」在「劍俠」世界中，一直不佔據重要的地位，即使「劍俠」型女俠亦復如此。甚至男女「劍俠」的情感，也不如男俠與妖魔的遇合來得精彩，如《七劍十三俠》徐鳴皋和余玉英先有十世姻緣，後來破陣誅妖還得力於兩人的情感關係。大體而言，後期女「劍俠」性別身份仍不顯著，雖然《仙俠五花劍》約略地描繪女俠形貌、姿容，但男女情感並非重點；後期俠義觀念固然由公義。正義再轉化爲忠義、情義，然此處所重之「情」，其實是人倫之情，所欲成全的並不是夫妻之情，更重要的意義在傳宗接代。另一個例證是，情感描寫不著重在兩情相悅，而是它是行義或修煉的莫大助力，不是將妖魔收編的關鍵，就是修煉「劍術」得以相輔相成，後者如薛飛霞與文雲龍。

　　將情感對象塑造成十世姻緣所賜，可能與佛教因果觀念世俗化有關。同時，早期劍俠視情感爲修煉阻礙，到後期已復見，甚至「情」還是「仙俠」標榜的俠義重點，只不過此「情」偏重人倫。

　　「俠」，將常被稱爲「遊俠」，「遊」既含有遊（游）動、遊戲，〔註 4〕更是「游離」。其中又以快意嗜血的「劍俠」最引人曯目。俠被視爲「異人」，即是「非常」，因之，「儒俠」出現，正統文人的收編，將俠正義化、理性化，正是一種「導異爲常」的策略，可以說表現出官方贏家（宏觀政治意識形態）與大眾贏家（微觀政治縮影）的罅隙。〔註 5〕

〔註 4〕　龔鵬程：《俠的精神文化史論》（台北：風雲時代，2004 年 8 月），頁 75。
〔註 5〕　大眾文化的政治是日常生活的政治，在微觀政治層面（非宏觀政治）進行運

　　「劍俠」自發軔之初，就充滿奇情女俠身影，尤其是具有宗教色彩的紅線女、賈人妻、崔愼思等。劍仙出現後，《七劍十三俠》余玉英、《仙俠五花劍》公孫大娘更佔據情節關鍵地位。民國以降，劍俠巔峰時期的「蜀山系譜」，其中李英瓊、呂靈姑、屠龍師太沈琇等，個個殺氣重，應劫而生，卻都是全書的主角。聶隱娘無疑是最具代表性的奇情女劍俠。

　　〈聶隱娘〉開始於一個綁架事件，這個強迫性的「武藝」來源，傳承自性別曖昧的「尼姑」（中性，或女性？），施教過程中近乎冷血的訓練，都使得劍俠小說的宗教意涵更加隱晦。〔註6〕她之所以堪稱「奇情」，是因爲種種「無（忘？）情」的表現，無論是親情，亦或愛情。返家之後，聶隱娘所接受的一套殺手訓練，造成父女失歡。當初被擄的憐惜完全被恐懼驅散，也因此她在婚姻選擇上得到完全的自主。但是她與磨鏡少年的感情，卻可以任意拋棄，就像她任意易主一般。一旦任務完成，奇情女劍俠還是要獨自走上旅程，丈夫似乎註定是過客。縱然，「蜀山系譜」受到鴛鴦蝴蝶一派「言情」傳統的滲透，已經開始有動人的愛情描寫；不過，凡是能夠除魔去邪的正宗傳人，即使美貌如李英瓊，也排除了情愛糾纏，而且幾乎沒有「情」的干擾，當父親遁入空門後，她更了卻人倫的羈絆，近乎一個「絕情（緣）體」。

　　事實上，「嗜血性格」一直是劍俠很重要的特質；即使受到「仙俠」觀念萌芽與理性化的影響，該特質漸漸消失。但是，劍俠人物仍然「煞氣」橫溢。翻開《劍俠傳》，這類鮮血淋漓的場面，屢見不鮮。民國二十一年武俠電影《風塵怪俠》以「機關槍掃射開空前大觀，毀垣血流令人咋舌」爲宣傳手段。〔註7〕簡直就是以「暴力」號召觀眾。

作，而且是循序漸進的。它關注是切身的環境結構中，日復一日與不平等的權力所進行的協商，微觀政治的快感是生產出意義的快感，既是相互關連又是功能性的。大眾文化不是異化、單向度的群眾（the masses），文化工業是爲形形色色的「大眾層理」（formations）製造出文本庫存（repertoire）或文化資源，以便在大眾生產自身文化持續過程中，加以使用或拒絕。大眾文本具有多義的開放性（polysemic）。（美）約翰・費斯克（John Fiske）著，王曉珏等譯：《理解大眾文化》（北京：中央編譯出版社，2001年8月）

〔註6〕　臺靜農、王夢鷗，與林保淳代表不同主張，前二者從佛教關聯性切入，後者從道教意涵探論。例如王氏認爲「化爲蟪蟀」一事，疑出於印度，並引《中阿含經》卷三十《降魔經》爲證。臺靜農引密宗《中聖迦尼忿怒金剛童子菩薩成就儀軌經卷上》爲證。臺靜農：〈唐代小說與佛教故實〉（《東方文化》13卷1期）。及林保淳：〈唐代的劍俠與道教〉。

〔註7〕　《申報本埠增刊》，民國貳拾壹年柒月伍日，星期貳，六版。

　　就接受心理考察，〈聶隱娘〉被宋代視爲妖術（《醉翁談錄‧小說開闢》），卻在晚明王世貞《劍俠傳》之手合編成書。王夫之曾以「戾氣」概括明代（尤其明末）的時代氛圍，錢謙益甚至明明白白視晚明爲「劫末」，說到普遍「殺氣」，說「刀途血路」，提及「救世」。（《募刻大藏方冊圓滿疏》，《牧齋有學集》卷四十一）。「剝皮」本是明代人主的嗜好，更可怕的是士論、人心普遍嗜酷。野史中充滿對殘酷的陶醉，對暴行的刻意渲染，而是嗜殺也即嗜血。〔註8〕這種「上下交爭」、「氣激」、「氣矜」的時代氛圍，與「立氣齊」、「以武犯禁」，又「不愛其軀」的俠，自有相通之處；而「戾氣橫溢」更是恣意嗜血的「劍俠」特質。同時，這種恐怖又嗜血的劍俠人物，之所以被時人接受，應與晚明文論「趣」的共同趨勢有關。從李卓吾開始，這種惡毒的樂趣在晚明評點中流行，如竟陵派鍾惺、譚元春《詩歸》就曾謂「殺之中，亦有趣焉」，而崇禎本《金瓶梅》也經常可見「惡」、「毒」等批語。〔註9〕

　　晚清時人充滿改造社會的尚武精神，最能說明俠客中的異類之尤者──劍俠被接受的理由，應該是烈士心態下的流血崇拜及暗殺意象的「文學化」。《七劍十三俠》以後固然出現英雄型劍俠，而嗜血性格也淡化了，不過晚清志士崇仰遊俠飛揚踔厲的生命型態，更直接追溯到劍俠，如秋瑾「好《劍俠傳》」（《鑑湖女俠秋瑾傳》）、柳亞子慨嘆「隱娘紅線已無多」（《夢中諧一女郎從軍殺賊，奏凱歸來，戰瘢猶未洗也，醒成兩絕記之》）。陳平原以爲晚清志士大部分爲血氣方剛的知識青年，既有獻身精神與浪漫激情，又因對與語言過分沉迷而容易衝動與興奮。因此暗殺之所以形成風潮，除了政治家有意的引導，還有時人對暗殺意象（而非實際手段）的迷戀。〔註10〕這也就是王德威所謂的「敘事秩序」（narrative order），是一種修辭的形塑（configuration），這一修辭形塑使敘事行爲顯得合情合理，從而也透視出社會的和意識形態的話語的「秩序」。〔註11〕

〔註8〕　上述看法根據趙園：《明清之際士大夫研究》（北京：北京大學出版社，1999年1月），頁4，頁16。

〔註9〕　楊玉成：〈啓蒙與暴力：李卓吾《水滸傳》評點與文學閱讀〉初稿，2003年12月5日中央大學演講稿，頁36～39。後發表於〈啓蒙與暴力：李卓吾與文學評點〉，收入林明德、黃文吉編：《臺灣學術新視野：中國文學之部（二）》，台北：五南圖書公司，頁901～986。《水滸傳》容與堂評本第五十三回「天下文章當以趣爲第一」。

〔註10〕同第一章註14，頁249。

〔註11〕王德威：《被壓抑的現代性──晚清小說新論》（台北：麥田出版社，2003年8月），頁167。

　　如果說俠客嗜殺的野性衝動是一種顛狂的行為，難以馴化的幽黯意識，與克莉絲蒂娃的「賤斥體」觀念有關。克莉絲蒂娃將「父性」代表陽具秩序，是言語習得的文化，包括社會體系、邏輯秩序、象徵體系，而「母性」則是邊緣的、賤斥體來源，它殘藏在原初的「混沌狀態」。〔註12〕克莉絲蒂娃論及異端，特別宗教異端與恐怖書寫時指出，卑賤是宗教、道德、意識形態律典的另一面向，文學乃是恐怖的優先能指。文學為我們所面臨的危機，提供了最私密、最慘烈的啓示錄景象的終極編碼，它具有夜間的力量即由此而來。它透過語言之危機對卑賤情境進行轉化、釋放和掏空：

> 這個我稱之爲卑賤的不確定性最終被證明與母性有關的事實，闡明了文學書寫乃是作家（不論男女）所投入的一場根本戰鬥，對象則是他或她僅僅爲了強調他作爲作家本身不可或離的一面、而將之命名爲惡魔的他者（另一性）；這個他者塑造、並控制著作家。〔註13〕

這不僅吻合劍俠「異人」特質，同時道教有女仙傳統，而道家道教又含有「天地不仁」的宗教劫運觀，劍俠每以女性擅場，或許正是折射出人類幽暗意識中的陰性特質，那種殘藏在原初的「混沌狀態」，邊緣的「母性」賤斥體，便是「接受」的內在心理依據，這或許也說明了當原初壓抑的賤斥體，由於源自「母／性」特質，當它曲折映現在小說文本中，就轉化成帶有煞氣的「女」劍俠。

（二）義

　　「劍俠」形變過程中，俠之「義」已經擴充爲「忠、孝、節、義」，依清代俠義小說「忠義」觀，〔註14〕他們必須透過清官爲中介而與朝廷對峙關係消解；同時，四項要求中的「義」，應當保有意氣（氣魄）的成分，只是削減了嗜血性格，所以劍俠不僅被稱爲英雄，也常被叫做豪傑。強調忠孝德目的

〔註12〕克莉絲蒂娃利用佛洛伊德「原初壓抑」（primal repression）的說法，指出語言出現，是「以語言符號的交換，創立命名模式」，而切斷了主體個人史上原初的「可滲透性或是先前混沌狀態」。所以原初壓抑導致的結果是「真實」（the Real）的立即逃逸，「那物」（the Thing）的難以捕捉表達。此原初壓抑已經面對著象徵系統。經驗之整體無法藉由語言完整表達；而身體與文字，則呈現了替代轉折的防衛機制。見劉紀蕙：〈文化主體的「賤斥」──論克莉絲蒂娃的語言中分裂主體與文化恐懼結構〉，收入茱莉亞・克莉絲蒂娃：《恐怖的力量》，頁 xxvii。

〔註13〕茱莉亞・克莉絲蒂娃（Julia Kristeva）：《恐怖的力量》（台北：桂冠圖書，2003年 5 月），頁 276。

〔註14〕同第三章註 11，頁 191～205。

新規範是受到儒家思想將俠客理性化,而「節義」反映在「劍俠」身上,不僅是儒家的影響,也與戒律有關,這點合併在下個主題再作討論。

「仙俠」出現為俠「義」賦予了新的意義,一方面俠客可以保持個人的獨立性,行義過程只須遵守修煉戒律,可不受世俗禮法拘管。因為他們已經脫離凡胎,不管是地仙(人仙)或是天仙,都自有一個集團世界。在那裡有它自己的軌範與法則,一般社會體制不但對其本身無約束力,甚至也無法對之造成傷害。「仙俠」仗義行俠、打抱不平,即使殺人、劫獄,官府也多不敢將其繩之以法,何況他們武藝高強,甚至地行仙還可以死而復生,不同於早期劍俠游離社會邊緣,大多必須隱姓埋名。在此情況之下,「仙俠」雖也以剷除不平為己任,進而輔佐清官,但他們沒有屈膝朝廷,既非清官僚屬,也可自由選擇是否應官職。朝廷有需要可以請求協助,卻不能掌握他們的行蹤、限制他們的行動。這種型態的俠客產生,使本為朝廷潛在威脅的「劍俠」,成功地整合「正——反」(原始氣義和理性化)衝突;在保有游離性格和自主性上,調和了與尋常世界秩序的牴觸,同時為俠性命保障與個人尊嚴找到了平衡點,應為「仙俠」被讀者接受與認同的原因之一。

綜上所言,發展到「仙俠」,俠義觀念具有向「忠義」轉化的傾向,但並不等同被朝廷收編的過程,而且他們與清代「俠義小說」中「義俠」或「劍俠小說」中的英雄型劍俠,在忠義表現方面仍有所不同。就「仙俠」之「義」來看,「劍俠」「俠義觀」內涵擴充,除了強調忠孝德目反映出理性化過程越加重視道德性,也代表類型人物在遞變之中角色內在衝突的重新整合。

(三)試 煉

「試煉」主題同樣常見於早期劍俠與後期劍俠,但內涵不同,致使「劍俠」對殺與戒之看法迥異。

以「殺」而言,早期劍俠較注重個人行為的正當性,惟標準因人而異。大致上,「不平」是萌生行為衝動之主因。因此,只要認為「不平」便可能強出頭,衝突的解決方式基本上沒有特殊限制,所以殺與不殺全憑義氣發抒的程度而定。以原始劍俠而言,動輒截首啖心,表現出粗獷的豪氣。另一重點是,以弒子的極端行為象徵堅決斷絕人世牽絆。簡言之,原始劍俠不吝惜殺,只要達到他們所認同的價值,即使骨肉親情也不例外;但對戒徹底執行,猶如宗教性的虔誠,幾乎以儀式性的完成,來砍斷一切過程中的阻礙,縱然血脈相連亦不能動搖。

　　早期女俠戕殺稚子，保留原始宗教「儀式性殺人」的痕跡，斷情而斷緣的宗教戒律凌駕於普世價值之上，展現神聖權威的無上命令，也象徵俗世人生活在「剔除神聖」懷抱一種永遠的宗教鄉愁（religious nostalgia），〔註 15〕渴望回歸創始時的圓滿，渴望破壞秩序重建，渴望濯清凡塵穢濁。基於此，若視「血祭」爲一種復歸聖域的犧牲象徵，女俠殺子與亞伯拉罕獻子皆相當一種「羔羊替罪」觀的體現。在神聖權威面前，一切凡間價值相形失色。

　　這一種對殺的看法，到後期產生了改變。修煉成「仙俠」，衍生出「戒律」，其中便標舉著「戒殺」規定。這種觀念的產生，與其說是道德約制，毋寧更是宗教的力量。從原始劍俠到仙俠，也由「劍器」到「劍氣」，亦即由兵器變成劍光、劍氣（匕首→氣劍）；後者實際上是一種「虛劍」，透過心念、氣功、法術去操作控制。這便是「金丹/法術/仙俠」所以相關連之處，由於「氣劍」透過內功修煉而成，而內功正來自心意鍛煉，重視煉心，是受金丹思想由外丹轉入內丹之故，因此，「劍」之變起因於宗教（道教）關係。這種「劍」術意義的演變，與「戒殺」的新律則，有異曲同工之妙，因爲著眼點都在於修煉，故宗教的力量爲「劍俠」對「殺」看法轉變重要的影響因素。值得一提的是，正因「劍」轉變成「虛劍」，唯有透過精、氣、神運用的法術，才足以超越時空，造成奇幻的效果，正好是「仙俠」最吸引人之處，也是運用道教思想在塑造上的重要意義。

　　另外，「仙俠」透過幻境來象徵超脫俗世糾纏，在完成仙術後尙且成全人道，後期「仙俠」修煉的新模式，如焦大鵬，也以借尸解成「仙俠」來解決世俗貪戀與修仙夢想的矛盾境況。這種修正的新模式，凸顯對現世價值的保全，也反映了一般人期望在世俗欲望和成仙理想中走出一個道路；更深沈地說，創造出「仙俠」，企圖融合正反形象的矛盾，而新修煉模式進一步地期望出現一種既游離自在，又享受世俗貪戀的理想俠客。

　　「幻境魔考」反映道教丹道功法修煉時的幻現與危機，小說會通佛道也加以通俗化、具像化。所謂冥契是一種與絕對合一的境界，是一種克服客體

─────────────

〔註 15〕所謂宗教的鄉愁，即是對「創始時的圓滿」懷舊之情，渴望活在神聖者臨在與圓滿世界的渴望，可說是對「天堂樂園」情境的鄉愁。這種天堂樂園的鄉愁使他們模仿眾神作爲，即創生宇宙的過程。然而，宇宙創生並非易事，因爲它也包含一些血腥殺戮的過程，基於此，因此原始人在「建築祭獻」透過血腥或象徵性的獻祭模擬創生宇宙間的殺伐。見伊利亞德（Mircea Eliade）著，楊素娥譯：《聖與俗──宗教的本質》（台北市：桂冠，2000 年 1 月），頁 137～139。

與主體（絕對者）之間的所有障礙。田立克更直接將這種宗教經驗稱為「救贖」經驗。〔註16〕對照屬於神聖空間的清靜仙界，塵俗便成為猶如一「失樂園」，是「劍俠」務必超越揚棄的，因此，「試煉」的超越之路象徵一段中國式的「天路歷程」。

（四）江湖規矩

江湖世界的新軌範，也就是正邪分立，以及所衍生的律則「邪不勝正」。此與道德性求提高有關，正邪判準與朝廷即離關係有微妙聯繫。從總體「劍俠」均具游離特質，事實上亦貫串所有俠客（即使是「義俠」，也是透過清官才和一般社會溝通起來）。這群原本威脅尋常秩序的游離者，卻在自主的世界中重新建構一套生存法則，其實是非常弔詭的。然而，這些尋常世界秩序的反叛者所建構的秩序，竟被廣大群眾所接受，甚至加以認同，恐怕正因他們滿足了人內在的欲望。只有個性強烈極至的俠客，才能夠實現常人潛藏想要叛逆又無法實踐的夢想，這種願望在「仙俠」身上更得到絕佳的整合，在入世與出世，在反叛與控制之間，找到一個新的出口，這也許就是「仙俠」的興起，為整體「劍俠」轉型的重要的嘗試。

最後，本論文在前人研究基礎上，以「劍俠」形象及其變化為論述核心，重要的主張，計有三：

（一）在歷史俠客與小說俠客的差異方面，透過歷來小說中形象變化與俠義觀念的遞遭，為「小說之俠」作初步的界定。「小說之俠」定義為：「俠」是指在小說中具有義氣的角色，而此處的具有義氣，包括了「俠」的行義標準以及依此產生的行為模式。至於「義」可以採崔奉源的界說，亦即「俠所認為正當的行為」。換言之，「俠」是具有義氣的角色，其行俠的準則，乃是根據俠所認為正當的行為，據此原則，遂行其事，而產生不同的行為表現，可能是個人恩怨的報償，也可能偶合正義、公義。至於這個俠義的觀念，本身是可變的，大致呈現從氣義到正義、忠義的發展。「劍俠」定義成：「小說之俠」中具有特殊形象的俠客造型，其特質主要是「劍術」的神奇表現。所謂「劍術」不只是指「劍俠」使用的武器，而是具有一種神祕氣息的法術，包括飛天夜叉術（飛行術）、幻術、隱身術，變

〔註16〕杜普瑞（Louis Durpre）著，傅佩榮譯：《人的宗教向度》（臺北：幼獅文化，1986）〈第十二章密契的景觀〉，頁471。

形術、用藥術、飛劍術、攝物術，前知術、望氣術等令人匪夷所思的神奇技藝。並且由於「劍」的神祕特質所輻射出的俠客性格、行徑與道義表現也迥別純憑武勇豪氣的「游俠」、「豪俠」與一般劍技的「義俠」。

（二）在「劍俠」研究方面，詳論「劍俠」的轉型與後期「仙俠」觀念的出現。

（三）在「劍俠」與道教的關係方面，進一步主張道教的發展和變化亦與「劍俠」形象的塑造與轉變有關，主要是神仙觀念的演變與世俗化的傾向兩方面。

簡言之，本論文旨在透過相關命題證成得以解釋小說中所呈現的文學現象。例如：證明「劍俠」形象塑造與道教有關，即提供解釋「劍俠」人物特殊行為表現的理論基礎，因為道教為「劍俠」人物塑造的重要因素，諸如早期劍俠決絕的無情態度、「劍術」玄妙的特質，乃至最後歸宿為何多為莫知所向等問題，便可得到更深入合理的解釋；同樣的，亦可藉由證明道教的發展變化也與「劍俠」形象塑造有關，得以解釋何以「劍俠」形變中，後期會出現凸顯仙性的「仙俠」角色。另一方面，「劍俠」與儒家的關係，也可以用以說明後期「劍俠」愈加重視道德性的現象。

第二節　研究展望

一、「劍俠」與武俠小說

侯健〈武俠小說論〉曾指出，劍俠一脈，直接從唐代傳奇孳生，盛於晚清，其後振興這一派為平江不肖生《江湖奇俠傳》和還珠樓主《蜀山劍俠傳》。前者已出現柳遲、呂留良等劍俠和其他法寶；而《蜀山劍俠傳》自辟邪村開始就波譎雲詭，變幻百出，要以峨眉諸劍俠前生後世做同心圓擴散，孳衍故事。〔註17〕

根據《台灣武俠發展史》，以台灣武俠小說三劍客而言，司馬翎處女作《關洛風雲錄》（1958 年）和成名作《劍氣千幻錄》（1959 年）俱得還珠樓主奇幻玄妙心法之三昧；甚至連書中人物如《關洛風雲錄》鬼母、天殘地缺二老怪及《劍

〔註17〕同第一章註9，頁 183。

氣千幻錄》白眉和尚、尊勝禪師等絕頂高手,皆出自《蜀山劍俠傳》。

此外,諸葛青雲處女作《墨劍雙英》(1958)乃祖述《蜀山劍俠傳》至寶紫青雙劍封存峨眉之遺事,再據以發揮。他並不諱言自己是「蜀山迷」,能將《蜀山劍俠傳》回目倒背如流;且以還珠樓主私淑弟子自居。《墨劍雙英》首回即以《蜀山劍俠傳》至寶紫青雙劍為書引,祖述峨眉派第三代傳人李英瓊等劍俠道成飛昇、封存仙劍之遺事。而其成名作《紫電青霜》(1959)重振還珠樓主奇幻之風,男主角葛龍驤奉師命至廬山冷雲谷投書,為反目多年的諸、葛雙仙夫婦釋嫌修好之事,穿針引線,此係脫胎於《蜀山劍俠傳》一二七回苦孩兒司徒平奉神駝乙休之命至岷山白犀潭投柬故事;書中寫邴浩之言行風範及爭強好勝種種習性,頗似《蜀山劍俠傳》旁門老怪丌南公與魔教至尊尸毘老人「二合一」的化身;號稱「天下第一凶人」的黑天狐宇文屛卻因情生障,執迷不悟,此妖婦顯然是由《蜀山劍俠傳》女魔頭鳩盤婆身上獲得靈感。更厲害的「六賊妙音」登場,書中所敘種種奇幻之極的音聲,竟全抄自《蜀山劍俠傳》一三四回寫「天劫三災」一折。《奪魂旗》魔影幢幢成為爾後台灣「鬼派」武俠小說溫床。創作淵源可追溯《蜀山劍俠傳》,該書邪魔外道殘酷行逕、鬼蜮伎倆及恐怖形相均匪夷所思,以綠袍老組為代表。

至於臥龍生《玉釵盟》凌雪紅與神鵰的特異組合,無疑出自《蜀山劍俠傳》女主角李英瓊及其神鵰鋼羽;而李、凌二女殺孽皆重,殆非巧合。特別是臥龍生頗善將還珠樓主的神禽異獸、靈丹妙藥及各種玄功秘藝、奇門陣法與鄭證因《鷹爪王》的幫會組織、風塵怪傑及獨門兵器共冶於一爐。

模仿得最澈底而又別有創意的是海上擊筑生《南明俠隱》(1955)正續集,彷彿《蜀山劍俠傳》翻版,奇幻色彩極濃。向夢葵《紫龍珮》(1962),大量盜取《蜀山劍俠傳》奇妙素材(飛劍、至寶、神通、法力)之外,卻將玄門正宗峨眉派打為「反面教員」。至若大段抄襲者有蕭逸《七禽掌》(1960),寫景係由還珠樓主《天山飛俠》取材,再略加改動文字而成。〔註18〕

依上所述,武俠小說中仍出現「劍俠」,也深受此型小說影響。由於本論文旨在探論古典小說「劍俠」形象變化,是故並未處理民初武俠小說中「劍俠」的相關問題,包括古典與民初武俠小說中的「劍俠」的異同之處,與台

〔註18〕 葉洪生、林保淳:《台灣武俠發展史》(台北:遠流出版社,2005年6月)第一章〈文化沙漠仙人掌〉第一節〈民國「舊派」搖籃與台灣武俠臍帶:台灣武俠創作發軔期(1951～1960)。

灣武俠小說關聯性等。但此型小說居於銜接古典到現代的樞紐位置，並影響現代武俠創作。〔註19〕《蜀山劍俠傳》被葉洪生譽為「武俠大宗師」，不僅「屠龍刀」源於該書、「天一（神）眞水」之名出自「紫雲宮」，細查武俠小說的劍俠血緣，約可分情節模式，〔註20〕人物形象，〔註21〕法術描寫，〔註22〕江湖律則四方面。〔註23〕金庸也改編、考證過《劍俠傳》，如〈越女劍〉改寫自〈老人化猿〉。〔註24〕

　　「劍俠」乃獨創文學俠，自唐傳奇登場，不乏聶隱娘、紅線女、車中女子、三鬟女子與賈人妻等女俠。現代武俠小說開山之作《江湖奇俠傳》有紅姑，《蜀山劍俠傳》更以「李英瓊」為主角，「三英二雲」也陰盛陽衰，唯一的男俠嚴人英鮮少著墨，且極晚出場。甚至連武俠電影的高峰（1920～1940年代），女俠形象與女俠電影也異常發達。〔註25〕

　　《蜀山劍俠傳》中的法寶、劍技，均與「劍俠小說」相似。此外，俠客的打鬥能力，大致經歷了從「寶劍」到「寶劍十暗器」再到「寶劍十暗器十內功」的發展過程；逐漸由技能轉為修養，由技擊本領轉為武學境界。〔註26〕事實上，

〔註19〕鄭證因、朱貞木早期皆模仿過還珠樓主，台灣四大家皆以還珠樓主心法為依歸。其中司馬翎因嗜讀《蜀山劍俠傳》而廢寢忘食，古龍、臥龍生、伴霞樓主、東方玉等更直接借用還珠樓主《蜀山劍俠傳》系列小說人物名號。葉洪生：《葉洪生論劍──武俠小說談藝錄》（台北：聯經出版社，1994年）。及中華武俠文學網 http：//www.knight.tku.edu.tw「武俠小說名家」。

〔註20〕包括鬥藝尚氣、奇物（秘笈）爭奪、殺人煉劍、古洞奇遇。秘笈爭奪，如天書之於葵花寶典，南明離火劍之於屠龍刀。殺人煉劍，如《淞濱瑣話》〈粉城公主〉之於梅超風「九陰白骨爪」、周芷若「九陽眞經」。古洞奇遇，如《蜀山劍俠傳》凌雲鳳白陽圖解之於《圓月彎刀》。

〔註21〕主要是亦正亦邪的角色，如乙休之於黃藥師。和異類相隨，如李英瓊之於黃蓉、郭襄。

〔註22〕強調智取，如《退庵筆記》〈夏老鼠〉。內功，如《蜀山劍俠傳》第六十五回「四兩撥千金」之於「無招勝有招」。法寶神劍、聲音武器，如〈瞽女琵琶〉和《蜀山劍俠傳》丌南公、鳩盤婆，烏龍珠的「攝心鈴」等，文質彬彬的岳蘊及其鐵簫神術（《北海屠龍記》）更隱然「黃藥師」化身。

〔註23〕如尚藝不尚齒，如《靜廠奇異志》〈楊某〉之於風清揚與令狐沖。

〔註24〕金庸坦承「從小就喜歡看武俠小說」，稱平江不肖生《江湖奇俠傳》、《近代俠義英雄傳》曾令他「著了迷」，而白羽、還珠樓主對他也有影響。《諸子百家看金庸》第三輯（台北：遠景出版社，1985年）

〔註25〕陳墨：《刀光俠影蒙太奇──中國武俠電影論》（北京：中國電影出版社，1996年10月）。

〔註26〕陳平原：〈劍與俠──武俠小說與中國文化〉，《中國文化》第二期，1990年），頁116～123。

內功修爲受到重視，已可從「劍俠」後期「劍術」修煉過程看出。據此，「劍俠小說」與武俠小說，特別是武藝方面的刻畫，仍存在諸多值得加以探討的課題。基於上述所言，有關武俠小說之於「劍俠小說」，應可視爲後續研究重要方向。

二、後續研究

本論文的研究展望，除了說明未處理的相關研究，更重要是開拓一個新的研究領域，即俠與道教的關係。本論文已初步探討了「劍俠」與道教相關性，以及道教對「劍俠」形象塑造的重要性。實則道教對俠客小說的影響，以及道教與其他類型的俠客小說的關連性，仍值得深究。基本上，武術與道教原本淵源深厚，而武功在武俠小說扮演的角色更是舉足輕重，因此經由道教這一新的思考方向，和道教相關知識的引介，應可累積更多寶貴的研究成果。

綜上所言，相關的後續研究，至少應包括下列諸方面：

（一）「劍俠」至武俠小說以後的發展情況，民初以後的此型人物與清以前的異同和轉變。

（二）「劍俠」類型消歇及復甦。

（三）「劍俠小說」的藝術成就，包括「劍俠」敘事策略，引起讀者共鳴之處、例如神秘性與運用「懸宕」（suspense）技巧運用，尤其小說中（尤其是「劍俠小說」）總是在「劍俠」登場時，將其塑造成身份不詳、行蹤詭異的形象，刻意地營造出他們超乎尋常的印象，這種不確定感使讀者進而想去揭開那朦朧的面紗。〔註27〕

（四）俠與道教的關連，包括俠與道教、武俠小說與道教，道教本身的發展和俠客轉變等。

此上數點約可分爲二個主要研究方向，即「劍俠（小說）」的後續發展，和俠客小說（包括古典和現代武俠小說）／道教文化的關連。後者乃是一種科技整合，由於道教研究本身尚處於發展階段，這門新興的學術知識的引進，將可預期會有相當大的發展空間。筆者提出諸可能發展的研究方向，目的在指出本論文還未解決而值得開發的部分，以及說明相關的研究展望，意祈對後續研究有所裨益。〔註28〕

〔註27〕關於小說中「懸宕」技巧研究，見蔡志超：〈意義與故事的結構〉（淡江大學中國文學系碩士論文，1998年）

〔註28〕本書出版（2010）距離碩士論文（1999）付梓已屆數年，後續研究詳見拙著：

〈劍俠小說新論──奇幻敘事及其文化意涵研究〉(國立中央大學中國文學研
究所博士論文,2005 年 6 月),〈以文鳴世而傳承小說──王世貞與《劍俠
傳》〉,《2006 文化創意學術論文研討會論文集》(苗栗:育達技術學院應用中
文系,2006 年 12 月)〈《江湖奇俠傳》(1922) 的另類孩童〉《華梵人文學報》
第九期 (深坑:華梵大學文學院,2008 年 1 月)。

參考資料

（依編作者姓氏筆畫順序排列，同一編作者依出版時間順序排列）

壹、引用部份（本論文徵引者）

一、專　書

（一）原典及其校釋

1. 干寶著，《搜神記・搜神後記》，台北：木鐸出版社，1985 年 7 月。

2. 王世貞編，王國良導讀，《劍俠傳》，台北：金楓出版社，1986 年 12 月。

3. 玉樞眞人著，《仙術秘庫》，台北：新文豐出版股份有限公司，1975 年 10 月。

4. 石玉崑著，《七俠五義》，台北：文化圖書公司，再版，1994 年 5 月 5 日。

5. 佚名著，《續俠義傳》，北京：人民文學出版社，1999 年 1 月。

6. 佚名著，《施公案》，北京：北京燕山出版社，1996 年 11 月。

7. 李昉編，《太平廣記》，台北：文史哲出版社，第二版，1987 年 5 月。

8. 吳琯著，《古今逸史》，宋元明善本叢書十種，上海涵芬樓影印明刻本，台北：台灣商務印書館，1969 年。

9. 阮元校勘，《十三經注疏》，台北：大化書局，初版，1982 年 10 月。

10. 周楫纂，陳美林校點，《西湖二集》，江蘇：江蘇古籍出版社，1994 年 7 月。

11. 段成式著，《酉陽雜俎》，台北：學生書局，第三版，1985 年 10 月。

12. 海上劍癡著，《仙俠五花劍》，《古本小說集成》，古本小說集成編委會主編，上海：上海古籍出版社，1990 年。

13. 桃花館主著，《七劍十三俠》，《古本小說集成》，古本小說集成編委會主

編，上海：上海古籍出版社，1990 年。

14. 馬致遠著〈岳陽樓〉，《元曲選》，明臧懋循編，台北：中華書局，1965年。

15. 秦淮寓客編，《綠牕女史》，《明清善本小說叢刊·初編》第二輯短篇文言小說，台北：天一出版社，1985 年。

16. 凌濛初編，《初刻拍案驚奇》，台北：文化圖書公司，第二版，1993 年 9月 5 日。

17. 凌濛初編，《二刻拍案驚奇》，台北：文化圖書公司，第二版，1992 年 11月 5 日。

18. 張君房著，《雲笈七籤》，北京：書目文獻出版社，1992 年 7 月。

19. 陸人龍編，陳慶浩導言，《型世言》，台北：中央研究院中國文哲研究所，1992 年 11 月。

20. 陸林編，《清代筆記小說類編——武俠卷》，安徽：黃山書社出版社，1994年 6 月。

21. 馮夢龍編，《古今小說》，台北：里仁書局，1991 年 5 月。

22. 鄒之麟編，《女俠傳》，《說郛三種》，上海：上海古籍出版社，1989 年。

23. 葛洪著，李中華註釋，《新譯抱朴子》，台北：三民書局，1996 年 4 月。

24. 董誥等編，《全唐文》，北京：中華書局，1987 年 2 月。

25. 韓愈著，《韓昌黎集》，台北：河洛圖書公司，1975 年 3 月。

（二）俠論著

1. 王立著，《中國文學主題學——江湖俠蹤與俠文學》，山東：中州古籍出版社，1995 年 8 月。

2. 王立著，《中國古代豪俠義士》，安徽：安徽人民出版社，1996 年 8 月。

3. 王海林著，《中國武俠小說史略》，山西：北岳文藝出版社，1988 年 10月。

4. 王齊著，《中國古代的游俠》，北京：商務印書館國際有限公司，1997 年3 月。

5. 汪涌豪著，《中國游俠史》，上海：上海文化出版社，1994 年 11 月。

6. 徐斯年著，《俠的蹤跡——中國武俠小說史論》，北京：人民文學出版社，1995 年 12 月。

7. 侯健著，〈武俠小說論〉《中國小說比較研究》，台北：東大圖書有限公司，1983 年 12 月。

8. 陳山著，《中國武俠史》，上海：上海三聯書局，1992 年 12 月。

9. 陳平原著，《千古文人俠客夢——武俠小說類型研究》，台北：麥田出版

　　有限公司，1995 年 4 月。

10. 陳墨，《刀光俠影蒙太奇——中國武俠電影論》，北京：中國電影出版社，1996 年 10 月。

11. 曹正文著，《中國俠文化史》，上海：上海文藝出版社，1994 年 4 月。

12. 淡江大學中文系主編，《俠與中國文化》，台北：台灣學生書局，1993 年 4 月。

13. 梁守中著，《武俠小說話古今》，台北：遠流出版社，1994 年 7 月。

14. 崔奉源著，《中國古典短篇俠義小說研究》，台北：聯經出版事業公司，1986 年 12 月。

15. 葉洪生著，《葉洪生論劍——武俠小說談藝錄》，台北：聯經出版事業公司，1994 年。

16. 葉洪生、林保淳著，《台灣武俠發展史》，台北：遠流出版社，2005 年 6 月。

17. 董耀忠著，《武俠文化》，收入雅俗文化書系，北京：中國經濟出版社，1995 年 3 月。

18. 劉若愚著，周清霖、唐發饒譯，《中國之俠》，上海：三聯書店，1991 年 9 月。

19. 劉蔭柏著，《中國武俠小說史——古代部分》，河北：花山文藝出版社，1992 年 3 月。

20. 戴俊著，《千古世人俠客夢——武俠小說縱橫談》，台北台灣商務印書館，1994 年 12 月。

21. 羅立群著，《中國武俠小說史》，遼寧：遼寧人民出版社，1990 年 10 月。

22. 龔鵬程著，《大俠》，台北：錦冠出版社，1987 年 10 月。

23. 龔鵬程著，《俠的精神文化史論》，台北：風雲時代出版社，2004 年 8 月。

24. 龔鵬程、林保淳編，《二十四史俠客資料匯編》，台北：台灣學生書局，1995 年 9 月。

（三）小　說

1. 王夢鷗著，《唐人小說校釋》，台北：正中出版社，1983 年 2 月。

2. 王德威著，《被壓抑的現代性——晚清小說新論》，台北：麥田出版社，2003 年 8 月。

3. 江蘇省社會科學院明清小說研究中心、文學研究所編，《中國通俗小說總目提要》，北京：中國文聯出版公司，1991 年 9 月。

4. 宋克夫著，《宋明理學與章回小說》，武漢：武漢出版社，1995 年 10 月。

5. 李保均著，《明清小說比較研究》，四川：四川大學出版社，1996 年 10

月。

6. 汪辟疆著，《唐人傳奇小說》，台北：文史哲出版社，再版，1988 年 4 月。

7. 孟瑤著，《中國小說史》，台北：傳記文學出版社，再版，1991 年 4 月 15 日。

8. 侯忠義著，《隋唐五代小說史》，浙江：浙江古籍出版社，1997 年 6 月。

9. 侯忠義、劉世林著，《文言小說史稿》，北京：北京大學出版社，1993 年 2 月。

10. 劉大杰著，《修訂本中國文學史》，台北：華正書局，增訂版，1991 年 7 月。

11. 魯迅著，《中國小說史略》，《魯迅小說史論文集》，台北：里仁書局，1992 年 9 月。

12. 韓秋白、顧青著，《中國小說史》，台北：文津出版社，1995 年。

（四）宗　教

1. 伊利亞德著，《聖與俗──宗教的本質》，台北：桂冠出版社，2001 年。

2. 任繼愈著，《中國道教史》，台北：桂冠圖書股份有限公司，1991 年 10 月。

3. 李剛、黃海德著，《中華道教寶典》，台北：中華道統出版社，1995 年 5 月。

4. 杜普瑞著，《人的宗教向度》，臺北：幼獅文化，1986 年。

5. 李豐楙著，《六朝隋唐仙道類小說研究》，臺北市：臺灣學生書局，1986 年。

6. 李豐楙著，《誤入與謫降──六朝隋唐道教文學論集》，台北：台灣學生書局，1987 年。

7. 李豐楙著，《不死的探求──抱朴子》，《開卷叢書古典系列中國歷代經典寶庫》，時報文化出版企業股份有限公司，三版，1996 年 7 月。

8. 李豐楙著，《許遜與薩守堅──鄧志謨道教小說研究》，台北：台灣學生書局，1997 年。

9. 胡孚琛著，《道教與仙學》，香港：新華出版社，1991 年 12 月。。

10. 胡孚琛著，《魏晉神仙道教──抱朴子內篇研究》，台北：台灣商務印書館，1995 年 5 月。

11. 胡孚琛著，《中華道教大辭典》，北京：中國社會科學出版社，1995 年 8 月。

12. 徐兆仁著，《道教與超越》，北京：中國華僑出版公司，1991 年 7 月。

13. 郝勤著，《道教與武術》，台北：文津出版社，1997 年 8 月。

14. 曾召南著，《道教基礎知識》，四川：四川大學出版社，1988 年 3 月。

15. 劉鋒、臧知非著，《中國道教發展史綱》，台北：文津出版社，1997 年 1 月。

（五）文學理論

1. 史蒂文・科恩、琳達・夏爾斯著，《講故事——對敘事虛構作品的理論分析》，台北：駱駝出版社，1997 年 9 月。

2. 艾柯著，王宇根譯，《詮釋與過渡詮釋》，香港：牛津大學出版社，1995 年。

3. 佛克馬、蟻布思合著，袁鶴翔等譯，《二十世紀文學理論》，台北：書林出版有限公司。

4. 周憲等譯，《當代西方藝術文化學》，北京：北京大學出版社，1988 年 7 月。

5. 胡經之、王岳川主編，《文藝學美學方法論》，北京：北京大學出版社，1994 年 10 月。

6. 約翰・費斯克著，王曉珏等譯，《理解大眾文化》，北京：中央編譯出版社，2001 年 8 月。

7. 高辛勇著，《形名學與敘事理論——結構主義的小說分析法》，台北：聯經出版事業公司，1987 年 11 月。

8. 茱莉亞・克莉絲蒂娃著，《恐怖的力量》，台北：桂冠圖書公司，2003 年 5 月。

9. 傅柯著，劉北成、楊遠嬰譯，《瘋癲與文明》，台北：桂冠圖書公司，1994 年 4 月。

（六）其　他

1. 上海圖書館編，《中國叢書綜錄（一）》，上海：上海古籍出版社，1986 年 2 月。

2. 中國大百科全書出版社編輯部編，《中國古代小說百科全書》，1993 年 4 月。

3. 牟宗三著，《歷史哲學》，台北：台灣學生書局，台七版，1988 年 8 月。

4. 周天游著，《古代復仇面面觀》，陝西：陝西人民教育出版社，1992 年 9 月。

5. 林芳玫著，《解讀瓊瑤的愛情王國》，台北：時報文化出版企業有限公司，1995 年 1 月。

6. 范炯著，《歷史的瘋狂》，台北：雲龍出版社，1994 年 2 月。

7. 陳耀祖著，《理則學》，台北：三民書局，1995 年。

8. 趙園著,《明清之際士大夫研究》,北京:北京大學出版社。

9. 鄭麒來著,《中國古代的食人》,北京:中國社會科學出版社,1999 年 1 月。

10. 錢穆著,《中國學術思想史論叢(三)》,台北:東大圖書股份有限公司,1993 年 12 月。

二、論　文

1. 汪潤元著,〈試論晚清江湖幫會的組織特徵及演進軌跡〉,《河南師範大學學報(哲學社會科學版)》第二十四卷第四期,1997 年。

2. 李歐著,〈論原型意象——「俠」的三層面〉,《四川師範學院學報(哲學社會科學版)》第四期,1994 年。

3. 李豐楙著,〈六朝鏡劍傳說與道教法術思想〉,《中國古典小說研究專集二》,台北:聯經出版社,1970 年。

4. 林保淳著,〈唐代的劍俠與道教〉,《兩岸中國傳統文化學術研討會論文集》,淡江大學中文系主編,台北:行政院大陸工作委員會輔助出版,1992 年 12 月。

5. 林保淳著,〈從遊俠、少俠、劍俠到義俠——中國古代俠義觀念的演變〉,《俠與中國文化》,淡江大學中文系主編,台北:台灣學生書局,1993 年 4 月。

6. 林保淳著,〈呂洞賓形象論——從劍俠談起〉,《淡江大學中文學報》第三期,淡江大學中文系主編,台北:台灣學生書局,1995 年 9 月。

7. 林保淳著,〈中國古典小說中的「女俠」形象〉,《中央研究院中國文哲研究集刊》第十一期抽印本,1997 年 9 月。

8. 林鎮國著,〈死亡與燃燒——談游俠的生命情調〉,《鵝湖》第二卷第三期,1976 年 9 月。

9. 段莉芬著,〈《太平廣記》豪俠類研析〉,《建國學報》第十四期,1995 年 2 月。

10. 荊學義著,〈晚清武俠小說與儒文化新探——兼論義俠三模式〉,《新疆大學學報:哲社版》,1991 年 1 月。

11. 荊學義著,〈晚清武俠公案小說與武俠文化〉,《內蒙古大學學報:哲社版》,1991 年。

12. 陳平原著,〈劍與俠——武俠小說與中國文化〉,《中國文化》第二期,1990 年 6 月。

13. 陳葆文著,〈一逐孤雲天外去——短篇小說中的女俠形象探討〉,《國文天地》第五卷第十二期,1990 年 5 月。

14. 張火慶著,〈從,《元曲選》四本雜劇論所謂「愛情神劇」〉,《鵝湖》第一

五二期，1988 年 2 月。

15. 傅錫壬著，〈靈劍神話解析〉，《淡江學報》第三十五期，1996 年 2 月。

16. 福永光司著，〈道教的鏡與劍——其思想的源流〉，《日本學者研究中國史論著選譯》，上海：上海古籍初版社，1995 年。

17. 楊聯陞著，段昌國譯，〈報——中國社會關係的一個基礎〉，《中國思想與制度論集》，台北：聯經出版事業公司，修訂二次印行，1977 年 8 月。

18. 蓋建民著，〈道教房中術的性醫學思想及現代價值〉，《中華大道——道教文化系列（一）》春季卷，台北：中華道統出版社，1996 年。

19. 臺靜農著，〈唐代小說與佛教故實〉，《東方文化》13 卷 1 期。

20. 鄭志明著，〈金庸武俠小說中的道教思想〉，《中國武俠小說國際學術研討會會議論文》，淡江大學主編，1998 年 5 月 28 日。

21. 龔鵬程著，〈論清代的俠義小說〉，《俠與中國文化》，淡江大學中文系主編，台北：台灣學生書局，1993 年 4 月。

貳、參考部份

一、參考書目

（一）原典及其校釋

1. 王文濡輯，《說庫》，台北：新興書局，1972 年。

2. 王世貞編，《豔異編》，《古本小說集成》，古本小說集成編委會主編，上海：上海古籍出版社，1990 年。

3. 王世貞編，《筆記三編劍俠傳》，台北：廣文書局有限公司，再版，1992 年 4 月。

4. 王韜著，黃開國點評，《續聊齋——淞濱瑣話》，四川：巴蜀書社，1997 年 7 月。

5. 王讜著，《唐語林》，台北：廣文書局，1968 年 6 月。

6. 天然癡叟著，《石點頭》，《世界文庫四部刊要》，楊家駱主編，劉雅農總校，台北：世界書局，第五版，1985 年 1 月。

7. 天然癡叟著，弦聲等校點，《石點頭》，《中國話本大系》，江蘇：江蘇古籍出版社，1994 年 7 月。

8. 印月軒主人彙次，《廣豔異編》，《古本小說集成》，古本小說集成編委會主編，上海：上海古籍出版社，1990 年。

9. 石玉崑撰，問竹主人編，《三俠五義》，《中國通俗小說名著第一集》，楊家駱主編，台北：世界書局，三版，1979 年 10 月。

10. 古風編，《俠義小說奇觀》，《中國歷代短篇小說選萃叢書》，河北：河北

大學出版社，1993 年 8 月。

11. 長白浩歌子，陳果標點，《螢窗異草》，《筆記小說精品叢書》，四川：重慶出版社，1996 年 2 月。

12. 佚名著，《爭春園》（《劍俠奇中奇》），《古本小說集成》，古本小說集成編委會主編，上海：上海古籍出版社，1990 年。

13. 沈起鳳、朱梅叔著，陳果標點，《諧鐸‧埋憂集》，《筆記小說精品叢書》，四川：重慶出版社，1996 年 3 月。

14. 吳敬梓著，《足本儒林外史》，台北：世界書局，第五版，1959 年 10 月。

15. 吳淑著，嚴一萍選輯，《江淮異人錄》，《百部叢書集成》，台北：藝文印書館，1969 年。

16. 李漁著，《十二樓》，台北：桂冠圖書股份有限公司，1983 年 5 月。

17. 東魯古狂生著，《醉醒石》，《中國學術類編單行本》，楊家駱主編，台北：鼎文書局。

18. 抱甕老人著，《今古奇觀》，台北：文化圖書公司，再版，1992 年 9 月。

19. 袁枚著，楊名標點，《子不語》，《筆記小說精品叢書》，四川：重慶出版社，1996 年 1 月。

20. 紀昀著，董國超標點，《閱微草堂筆記》，《筆記小說精品叢書》，四川：重慶出版社，1996 年 3 月。

21. 施耐庵、羅貫中著，李泉、張永鑫校注，《水滸全傳校注》，台北：里仁書局，1994 年 10 月。

22. 宣鼎、閑齋氏著，陶勇標點，《夜雨秋燈錄‧夜譚隨錄》，收入，《筆記小說精品叢書》，四川：重慶出版社，1996 年 3 月。

23. 洪邁著，《夷堅志》，《筆記小說精品叢書》，四川：重慶出版社，1996 年 1 月。

24. 海上劍癡著，《仙俠五花劍》，香港：金暉出版社。

25. 馬幼垣、劉紹銘、胡萬川編，《中國傳統短篇小說選集》，台北：聯經出版事業有限公司，第八次印行，1991 年 12 月。

26. 馬俊良輯，《龍威秘書》，《百部叢書集成》，台北：藝文印書館，1969 年。

27. 桃花館主著，《七劍十三俠》，台北：文化圖書公司，1992 年 7 月 5 日。

28. 桃花館主著，曹光甫、王興康標點，《七劍十三俠》，上海：上海古籍出版社，1993 年 11 月。

29. 桃花館主著，《七劍十三俠》（上）（下），《中國古代珍稀本小說續》第16.17 卷，瀋陽：春風文藝出版社，1996 年 3 月。

30. 徐珂著，《清稗類鈔》，北京：中華書局，1986 年 3 月。

31. 陸人龍編，覃君點校，《型世言》，北京：中華書局，1993 年 7 月。

32. 馮夢龍編,《喻世明言》,台北:文化圖書公司,1977 年 11 月。

33. 馮夢龍編,《情史(一)》,《古本小說集成》,古本小說集成編委會主編,上海:上海古籍出版社,1990 年。

34. 馮夢龍編,《醒世恆言》,台北:文化圖書公司,1992 年 5 月。

35. 馮夢龍編,《警世通言》,台北:文化圖書公司,再版,1993 年 6 月。

36. 蒲松齡著,《聊齋誌異》,台北:文化圖書公司,1979 年 10 月。

37. 魯迅校錄,《唐宋傳奇集》,山東:齊魯書社,1997 年 11 月。

38. 樂鈞、許仲元著,范義臣標點,《耳食錄·三異筆談》,收入,《筆記小說精品叢書》,四川:重慶出版社,1996 年 3 月。

39. 錢基博著,《俠骨恩仇錄》,《技擊餘聞補雞鳴舞墨續技擊餘補拳術紀聞俠骨恩仇錄》,台北:廣文書局,1983 年 12 月。

40. 還珠樓主(李壽民)著,葉洪生批校,《蜀山劍俠傳》,《近代中國武俠小說名著大系》,台北:聯經出版事業公司,1993 年 5 月。

41. 繆荃孫刊印,《京本通俗小說》,台北:世界書局,1996 年 4 月。

(二)俠論著

1. 王先愼校點,《韓非子集解》,台北:世界書局,1969 年 10 月。

2. 王素等編著,《中國十游俠外傳》,《中國歷代外傳叢書》,台南:大行出版社,1993 年 3 月。

3. 汪涌豪、陳廣宏著,《游俠人格》,《中國傳統文化人格叢書》,武漢:長江文藝出版社,1996 年 11 月。

4. 汪涌豪、陳廣宏著,《江湖任俠——市民社會的英雄主義》,台北:漢揚出版股份有限公司,1997 年 8 月。

5. 何新著,《危機與反思》,北京:國際文化出版公司,1997 年 3 月。

6. 侯忠義著,《三俠五義系列小說》,《古代小說評介叢書第八輯》,遼寧:遼寧教育出版社,1993 年 9 月。

7. 張志和、鄭春元著,《中國文史中的俠客》,《江湖文化叢書》,北京:中國社會科學出版社,1994 年 10 月。

8. 陶希聖著,《辯士與游俠》,《新人人文庫 80》,台北:台灣商務印書館,台二版,1995 年 11 月。

9. 閆泉著,《江湖文化》,《雅俗文化書系》,北京:中國經濟出版社,1995 年 3 月。

10. 章炳麟著,〈儒俠〉《訄書》,台北:世界書局,再版,1971 年 11 月。

11. 梁啟超著,《中國的武士道》,台北:中華書局,台二版,1970 年 3 月。

12. 曾國藩著,《曾國藩全集》,台北:漢苑出版社,1976 年 3 月。

13. 葉洪生著,《蜀山劍俠評傳》,台北:遠景出版事業公司,1985 年 3 月。

14. 楊濟舟、張莉、峙瀚、榮華編著,《中國古代俠義傳奇》,重慶:重慶出版社,1997 年 2 月。

15. 劉紹銘、陳永明編,《武俠小說論卷》,香港:明河社出版有限公司,1998 年 5 月。

16. 蕭放主編,《中國古代俠客傳奇百例》,《中國古代文化精華叢書》,北京:中國華僑出版社,1993 年 7 月。

17. 韓雲波著,《人在江湖》,《中國俠文化系列叢書》,四川:四川人民出版社,1995 年 12 月。

18. 韓雲波著,《劍氣橫空》,《中國俠文化系列叢書》,四川:四川人民出版社,1995 年 12 月。

19. 龔建星、朱子銳著,《中國武俠故事集》,上海:上海社會科學院出版社,1997 年 1 月。

20. 龔鵬程、林保淳著,《二十四史俠客資料匯編》,台北:台灣學生書局,1995 年 9 月。

(三) 小　說

1. 丁錫根編著,《中國歷代小說序跋集》,北京:人民文學出版社,1996 年 7 月。

2. 中國大百科全書出版社編輯部編,1993 年 4 月,《中國古代小說百科全書》,北京:中國大百科全書出版社。

3. '93 中國古代小說國際研討會學術委員會編,《'93 中國古代小說國際研討會論文集》,北京:開明出版社,1996 年 7 月。

4. 王夢鷗著,〈唐人小說校釋二首〉,《中國古典小說研究專集 5》,台北:聯經出版事業公司,1982 年 11 月。

5. 李泉著,《施耐庵與水滸傳》,《古代小說評介叢書第八輯》,遼寧:遼寧教育出版社,1993 年 9 月。

6. 李漢秋、朱萬曙著,《包公系列小說》,《古代小說評介叢書第八輯》,遼寧:遼寧教育出版社,1993 年 9 月。

7. 李劍國著,《唐五代志怪傳奇敘錄》,天津:南開大學出版社,1993 年 12 月。

8. 李劍國著,《宋代志怪傳奇敘錄》,天津:南開大學出版社,1997 年 6 月。

9. 吳志達著,《中國文言小說史》,山東:齊魯書社,1994 年 9 月。

10. 柳存仁著,《倫敦所見中國小說書目提要》,北京:書目文獻出版社,1982 年 12 月。

11. 徐君慧著,《古典小說漫話》,四川:巴蜀書社,1988 年 3 月。

12. 陳平原著,《小說史：理論與實踐》,北京：北京大學出版社,1993 年 3 月。

13. 張兵著,《文康與兒女英雄傳》,《古代小說評介叢書第八輯》,遼寧：遼寧教育出版社,1993 年 9 月。

14. 張振軍著,《傳統小說與中國文化》,廣西：廣西師範大學出版社,1996 年 1 月。

15. 郭箴一著,《中國小說史》,《中國文化史叢書》,台北：台灣商務印書館,台八版,1988 年 2 月。

16. 陸澹安著,《小說詞語會釋》,台北：華正書局有限公司,1982 年 1 月。

17. 黃清泉主編,《中國歷代小說序跋輯錄》,湖北：華中師範大學出版社,1989 年 12 月。

18. 趙景深著《中國小說叢考》,山東：齊魯書社,1983 年 3 月,。

19. 劉開榮著,《唐代小說研究》,新人人文庫,台北：台灣商務印書館,二版,1994 年 5 月。

20. 劉瑛著,《唐代傳奇研究》,台北：聯經出版事業公司,1994 年 10 月。

21. 蕭宿榮著,《施公案與彭公案》,《古代小說評介叢書第八輯》,遼寧：遼寧教育出版社,1993 年 9 月。

（四）宗　教

1. 王明著,《道家與傳統文化研究》,北京：中國社會科學出版社,1995 年 4 月。

2. 中國社會科學院世界宗教所道教研究室著,《道教文化面面觀》,山東：齊魯書社,1990 年 5 月。

3. 任繼愈主編,《道藏提要》,北京：中國社會科學出版社,1995 年 8 月。

4. 李叔還著,《道教大辭典》,台北：巨流圖書公司,1983 年 11 月。

5. 周谷城主編,《道教與中國文化》,《中國文化史叢書》,上海：上海人民出版社,1995 年 4 月。

6. 洪丕謨著,《佛道修性養生法》,上海：上海文化出版社,1991 年 4 月。

7. 洪丕謨著,《道教內丹養生術》,上海：上海書店,1991 年 12 月。

8. 卿希泰著,《道教與中國傳統文化》,福建：福建人民出版社,1992 年 6 月。

9. 徐兆仁編,《全真秘要》,《東方修道文庫》,台北：中國人民大學出版社,二版,1992 年 4 月。

10. 黃兆漢著,《道教研究論文集》,香港：中文大學,1988 年。

11. 黃兆漢著,《道教與文學》,《道教研究叢書》,台北：台灣學生書局,1994

年。

12. 趙有聲、劉明華、張力偉著,《生死、享樂、自由──道家和道教的關係及人生理想》,台北:雲龍出版社,1991 年 3 月。

13. 楊儒賓主編,《中國古代思想中的氣論及身體觀》,台北:巨流圖書公司,1993 年 3 月。

14. 劉守華著,《道教與中國民間文學》,《道教文化叢書》,台北:文津出版社,1991 年。

15. 蕭登福著,《道教與佛教》,台北:東大圖書有限公司,1995 年 10 月。

16. 韓廷傑、韓建斌著,《道教與養生》,《道教文化叢刊》,台北:文津出版社, 1997 年。

（五）史　書

1. 司馬遷撰,《史記》,北京:中華書局,二版,1989 年 9 月。

2. 班固撰,顏師古注,《漢書》,北京:中華書局,1987 年 12 月。

3. 荀悅撰,《漢紀》,國學基本叢書四百種,王雲五編,台北:台灣商務印書館,1968 年 12 月。

（六）其　他

1. 加羅法洛著,耿偉、王新譯,《犯罪學》,北京:中國大百科全書出版社,1996 年 1 月。

2. 牟鍾鑒著,《中國宗教與文化》,《研究與批判叢書 6》,台北:唐山出版社,1995 年 4 月。

3. 阿諾德・豪澤爾著,《藝術社會學》,台北:雅典出版社,二版,1980 年 7 月。

4. 徐清祥著,《中國武林之謎》,廣西:廣西人民出版社,1989 年 6 月。

5. 陳必祥主編,《通俗文學概論》,上海:上海通俗文學研究所編,杭州:杭州大學出版社,1991 年 5 月。

6. 陸草著,《中國武術與武林氣質》,河南:河南人民出版社,1996 年 9 月。

7. 程大力著,《中國武術──歷史與文化》,四川:四川大學出版社,1995 年 8 月。

8. 楊士隆著,《犯罪心理學》,台北:五南圖書公司,1996 年 9 月。

9. 楊家駱主編,《中國俗文學》,台北:世界書局,1995 年 10 月。

10. 鄭明娳著,《通俗文學》,台北:揚智文化事業股份有限公司,1997 年 7 月。

11. 鄭勤、田雲清著,《神奇的武術》,廣西:廣西人民出版社,1993 年 4 月。

12. 羅竹風主編,《人、社會、宗教》,上海:上海社會科學院出版社,1995

年 2 月。

13. 羅伯特・休斯著,劉豫譯,《文學結構主義》,台北:桂冠圖書股份有限公司,1995 年 1 月。

二、期刊論文

(一) 俠論著

1. 王立著,〈論中國古代文學中的俠女復仇主題〉,《中洲學刊》第二期,1991 年。

2. 王立著,〈魏晉六朝「年少慕俠」與俠義建功主題——復仇心態史與中國古代詩歌〉,《新疆師範大學學報:哲社版》第二期,1994 年。

3. 王立著,〈俠與酒氣狂放精神——中國古代俠文學主題片論〉,《通俗文學評論》,1996 年 3 月。

4. 王立著,〈復仇之心與功名之念——魏晉六朝「年少慕俠」心態略探〉,《西南師範大學學報》第四期,1997 年。

5. 王春瑜著,〈論蒙汗藥與武俠小說〉,《中國文化月刊》第一一五期,1989 年 5 月。

6. 王國瓔著,〈李白的俠客形象〉,《中國文哲研究集刊》第三期,1993 年 3 月。

7. 文會堂著,〈劍、佩劍、舞劍〉,《青海師範大學學報》第二期,1994 年。

8. 戈壁著,〈虯髯客傳〉,《明道文藝》第二三七期,1995 年 12 月。

9. 方澤著,〈游俠研究的重要收穫——評汪涌豪博士新著,《中國游俠史》〉,《復旦學報》第四期,1995 年。

10. 田毓英著,〈義與譽——中西游俠行俠動機及其水滸傳與吉訶德先生傳上的表現〉,《東方雜誌》第十四卷第二期,1970 年 8 月。

11. 田毓英著,〈榮譽、仁義、武士精神——中外俠士精神的真面目〉,《國文天地》第五卷第十二期,1990 年 5 月。

12. 江淳著,〈試論戰國游俠〉,《文史哲》,1989 年 4 月。

13. 任曉潤著,〈俠義之氣與騎士道德——跨越中西時空撞合的文學母題〉,《南京大學學報》第二期,1993 年。

14. 李世珍著,〈唐宋傳奇的女俠形象〉,《僑光學報》第八期,1980 年 10 月。

15. 李宗懂著,〈初探聊齋俠女〉,《中國學術年刊》第十八期,1987 年 3 月。

16. 李炳海著,〈女權的強化與婦女形象的重塑——唐傳奇女性品格爭議〉,《學術交流》,1996 年 3 月。

17. 呂正惠著,〈風流仗劍、慷慨賦詩——中國古典詩詞中的游俠與英雄〉,《國文天地》第五卷第十二期,1990 年 5 月。

18. 汪涌豪著，〈古代游俠人格特徵之考究〉，《殷都學刊》第一期，1995 年。

19. 宋瑞著，〈中國文學中的俠義觀念〉，《文壇》第二四七期，1981 年 1 月。

20. 吳宏一著，〈漫談武俠與武俠小說〉，《中國論壇》，第十七卷第八期，總號二〇〇，1984 年 1 月 25 日。

21. 吳禮權著，〈英雄俠義小說與中國人的阿 Q 精神〉，《國文天地》第十一卷第八期，1996 年 1 月。

22. 林香伶著，〈試論唐代俠義文學的發展異趨──以詩歌、小說為主軸〉，《弘光醫專學報》第二十六期，1995 年 6 月。

23. 林保淳著，〈從「通俗」的角度談武俠小說〉，《文訊月刊》第二十六期，1986 年 10 月。

24. 林保淳著，〈觀千劍而後識器〉，《文訊月刊》第七十四卷，總號一一二，1995 年 2 月。

25. 林聰舜著，〈抗議精神的體現者──游離於體制之外，伸張「另一種正義」的游俠〉，《國文天地》第三卷第十二期，總號三十六，1988 年 5 月。

26. 邱昭榕著，〈手刃仇讎三烈女──談《聊齋誌異》中的「俠女」「庚娘」「商三官」〉，《傳習》第十五期，1997 年 4 月。

27. 孟越才著，〈《小五義》等清俠義小說為何能贏得讀者〉，《河南師範大學學報》第二十四卷第四期，1997 年。

28. 周慶華著，〈墮落與救贖──俠客的兩重命運〉，《孔孟月刊》第三十五卷第七期，1997 年 3 月。

29. 胡簪雲著，〈談中國的俠義精神〉，《景風》第四十三期，1974 年 12 月。

30. 唐文標著，〈劍俠千年已矣──古俠的歷史意義〉，《中華文化復興月刊》第九卷第五期，1976 年 5 月。

31. 馬幼垣著、宋秀雯譯，〈話本小說裡的俠〉，《中外文學》第六卷第一期，1977 年 6 月。

32. 孫桂芝著，〈俠的氾濫與失落〉，《中國論壇》，第十七卷第八期，總號二〇〇，1984 年 1 月 25 日。

33. 徐斯年著，〈中國古代武俠小說孕育〉，《歷史月刊》第八十二期，1994 年 11 月。

34. 翁麗雪著，〈唐代的劍俠〉，《嘉義農專》第二十四期，1980 年 10 月。

35. 翁麗雪著，〈古俠考略〉，《嘉義農專學報》第四十期，1995 年。

36. 翁麗雪著，〈魏晉小說俠義精神考略〉，《嘉義農專學報》第四十一期，1995 年 5 月。

37. 張火慶著，〈虯髯客傳解讀〉，《明道文藝》第二一一期，1993 年 11 月。

38. 張英著，〈中國古代的俠〉，《國文天地》第五卷第十二期，1990 年 5 月。

39. 張雪媖著，〈唐代傳奇中的女俠〉，《當代》第八卷，總號一二六，1998年2月。

40. 張業敏著，〈「俠」議〉，《學術論壇》，1996年5月。

41. 陳平原著，〈江湖仗劍遠行遊——唐宋傳奇中的俠〉，《文藝論評》，中國人民大學書報資料中心複印報刊資料，1990年2月。

42. 陳平原著，〈俠情義膽英雄志——清代俠義小說論〉，《文藝論評》，中國人民大學書報資料中心複印報刊資料，1990年3月。

43. 陳葆文著，〈中國小說中「俠女」形象探析〉，《東吳大學文史學報》第十一期，1993年3月。

44. 陳寧著，〈游俠及其產生的背景〉，《思想戰線》第一期，1993年。

45. 章培恆著，〈從游俠到武俠——中國俠文化的歷史考察〉，《復旦學報：社會科學版》第三期，1994年。

46. 莊吉發著，〈從劍俠談起——中國古代名劍面面觀〉，《國文天地》第五卷第十二期，1990年5月。

47. 莊練著，〈武林大俠何處尋？〉，《國文天地》第五卷第十二期，1990年5月。

48. 勞榦著，〈論漢代的游俠〉，《文史哲學報》第一期，1940年6月。

49. 程國斌著，〈論唐代俠義小說的成因及其嬗變〉，《暨南學報》第十七卷第二期，1995年4月。

50. 黃鈞濤著，〈唐傳奇女俠內容探析與男女俠之比較〉，《輔大中研所學刊》第五期，1995年9月。

51. 傅維信著，〈武俠小說的出版傳奇——從還珠樓主、金庸到古龍〉，《書香月刊》第五十五期，1996年1月。

52. 楊振良著，〈萬金寶劍藏秋水——說「劍」〉，《國文天地》第二卷第九期，總號二十一，1987年2月。

53. 葉洪生著，〈武林盟主與九大門派——速寫近代武俠小說中的「俠變」〉，《國文天地》第五卷第十二期，1990年5月。

54. 路雲亭著，〈論，《史記》武俠散文中的一個審美主題〉，《山西大學學報：哲學社會科學》第二期，1993年。

55. 路雲亭著，〈道教與唐代豪俠小說〉，《晉陽學刊》第四期，1994年。

56. 熊賓光著，〈「縱橫」流為俠士說〉，《西南師範大學學報》第四期，1997年。

57. 鄧仕樑著，〈說俠義——試論中國文學裡的精神〉，《國文天地》第七卷第二期，1991年7月。

58. 劉學謙著，〈陰陽五行學說與傳統武術及武俠文學〉，《西南師範大學學報》

第三期，1996 年。

59. 蔡明真著，〈談唐豪俠小說中的恩與仇〉，《輔大中研所學刊》第六期，1996年 6 月。

60. 蔡勝德著，〈裴鉶與聶隱娘〉，《嘉義師院學報》第三期，1989 年 11 月。

61. 樂恕人著，〈中國的劍俠〉，《當代中國武俠小說大展》，中國時報編輯部編，台北：時報文化出版公司，第四版，1979 年 9 月 15。

62. 賴漢屏著，〈是非頗謬於聖人——游俠列傳郭解傳讀後〉，《明道文藝》第二三七期，1995 年 12 月。

63. 鄭樹森著，〈大眾文學・敘事・文類——武俠小說札記三則〉，《二十一世紀》第四期，1991 年 4 月。

64. 龍珍珠著，〈墨子精神與俠〉，《東吳大學中國文學系系刊》第九期，1983年 5 月。

65. 韓雲波著，〈論中國俠文化的基本特徵——中國俠文化型態之一〉，《西南師範大學學報》第一期，1993 年。

66. 韓雲波著，〈俠與俠文化的自由理想——中國俠文化型態論之五〉，《天府新論》第一期，1996 年。

67. 韓雲波著，〈《史記》與西漢前期游俠〉，《西南師範大學學報》第三期，1996 年。

68. 龔鵬程著，〈美人如玉劍如虹——漫說清末儒俠的俠骨與柔情〉，《國文天地》第五卷第十二期，1990 年 5 月。

69. 龔鵬程著，〈俠骨與柔情——論近代知識份子的生命型態〉，《近代思想史散論》，台北：東大圖書公司，1991 年 11 月。

(二) 道　教

1. 李剛著，〈道教哲學與中國哲學〉，《宗教哲學》第一卷第四期，1995 年10 月。

2. 杜慧卿著，〈道教女神、女仙觀念之演變〉，《道教學探索》第九期，1995年 12 月。

3. 林帥月著，〈道教文學一詞的界定與範疇〉，《中國文哲所研究通訊》第六卷第一期，總號二十一，1996 年 3 月。

4. 勞榦著，〈道教中外丹與內丹的發展〉，《中央研究院歷史語言研究所集刊》第五十九卷第四期，1988 年 12 月。

5. 張揚明著，〈道家道教對中國文化的影響〉，《道教文化》第五卷第七期，總號五十五，1993 年 1 月。

6. 張廣保著，〈論中唐道教心性之學——兼與儒、禪心性論會通〉，《宗教哲學》第一卷第二期，1995 年 4 月。

7. 張踐著，〈新佛教、新道教和新儒學——宋金「三教」匯通論〉，《宗教哲學》第一卷第二期，1995 年 4 月。

8. 葛兆光著，〈道教與中國民間生活〉，《中國社會科學季刊》第七期，1994 年 5 月。

9. 劉錫誠著，〈道教與民間文化的雙向影響〉，《道教文化》第五卷第十二期，1995 年 12 月。

10. 諶湛著，〈明雜劇之道教主題研究〉，《光武學報》第十六期，1991 年 6 月。

三、學位論文

1. 林志達著，〈唐人俠義小說研究〉，輔仁大學中國文學研究所碩士論文，1986 年。

2. 柯錦彥著，〈唐人劍俠傳奇及其政治社會之關係〉，高雄師範大學國文研究所碩士論文，1982 年 5 月。

3. 黃美玲著，〈三俠五義研究〉，國立中山大學中國文學研究所碩士論文，1997 年。

4. 葉素容著，〈唐人筆記小說中所記幻術之研究〉，文化大學中國文學研究所碩士論文，1994 年 6 月。

5. 蔡志超著，〈意義與故事的結構〉，淡江大學中國文學系碩士班碩士論文，1998 年 6 月。

6. 龔青松著，〈蜀山劍俠傳異類修道歷程研究〉，中國文化大學中國文學研究所碩士論文，1992 年。